JN269304

# パンツを脱ぐ勇気

世界一"熱い"ハーバードMBA留学記

児玉教仁
Norihito Kodama

ダイヤモンド社

パンツを脱ぐ勇気——【目次】

# プロローグ――六本木の夕べ

僕は、ハーバード・ビジネス・スクールの宴会部長である。

おちゃらけているわけではまったくない。実際今この瞬間、恐れ多くも日本の命運というやつが、少しだけ僕の肩に乗っかっているかもしれないという、そんなごっくんと唾をのむような状況にさえ置かれている。結構まじめな話になる。


そもそも「ハーバードの宴会」というと、タキシードとドレスで着飾った紳士淑女が高級ホテルあたりでカクテル片手に優雅に語り合っているセレブなパーティーを想像されるかもしれないが、そんな上品で生ぬるい宴会のことではない。

わが国日本の全世界を圧倒する祭りのこころ、そして日本人の熱い血潮そのものを外国人たちにぶつけ、彼らの魂をわしづかみにしてきっちり昇天させてあげるという壮絶な宴会バトルのことなのである。

そんな僕たちの意地と心意気をかけた一〇日間にわたる究極の大宴会の日々。

初日にあたる今宵の宴は、ここ六本木の有名な居酒屋で行われる。大きなフロアはふきぬけとなっており、異様に天井が高い。少し前に日本の首相がアメリカの大統領を招いた居酒屋でもある。

今、僕の目の前には、僕の同志、つまりハーバードの日本人同級生の八名が勢ぞろいしていた。

これから繰り広げられる一四〇人のハーバードの外国人学生を相手にした一〇夜連続のめくるめく宴会シリーズの幹事軍団である。

いっけんサーカスの団員か着ぐるみのバイト軍団にみえる彼らは、実は実業界ではなかなか名の知れた日本の若者たちで、例えば、一番左でペンギンの着ぐるみをセクシーにまとっている最年少二七歳「セクシー美女・アヤ」は、若いながらも業界では有名な企業買収の元スターだし、たんたん狸のキンタ〇のぬいぐるみを文句も言わずに着こなしている「知的美女・ジュン」は、世界を代表する高級ブランドの元ブランドマネジャーのお姉様である。優秀さもさることながら熱い熱いハートをもった彼らとであれば、この壮大なる挑戦も乗り越えられるはずだ。そう僕は信じていた。

少し状況を説明させてほしい。

まず「ハーバード・ビジネス・スクール」とは、アメリカの有名なハーバード大学のなかでも経営学を教えている大学院で、卒業するとビジネス修士（ＭＢＡ= Master of Business

Administration）をくれるところだ。ハーバードMBAとも呼ばれている。

普通の大学院と少し違うところは、大学を卒業後すぐに入るところではなく、いったん社会に出て実務経験を積んだ若者だけが来るということ。会社をいったん休職したり退職した若者が、全寮制に近い体制で二年間徹底的に経営学を勉強する。

世界に経営大学院は数あれど、「アメリカの大企業五〇〇位までの最高経営責任者の半分はハーバードMBAを持っている」と言われていたり、アメリカのブッシュ前大統領がここの卒業生であったりと、実社会になかなか大きな影響力を持っている実践を重んじる学術機関だ。

そしてかなり国際化が進んでいて、全校の三分の一はアメリカ国外からの海外留学生、なんと約八〇カ国から集められているという超国際組織でもある。楽天の三木谷さんなんかもここでみっちり鍛えられた口だ。

毎年この学校の長い夏休みが始まる五月に、その学生が大挙して日本に乗り込んでくる「ジャパントリップ」という名物研修旅行が催される。いや、ほかにも「アルゼンチントリップ」だとか「インドトリップ」だとか数々のトリップが催されるのだが、規模と伝統でいったら「ジャパントリップ」の比ではない。事前説明会からして学校の大きなホールが満員御礼となり、オンラインで学生に売り出されるチケットは、ものの数分で完売してしまうほどの大人気。最大にて一番人気の学校の名物行事なのである。

いずれにせよ、このトリップでは、この学校の学生、つまり将来さまざまな国でリーダーとなって活躍するであろう若者たちが大挙して日本に来ることになるわけだ。もしかしたらこの中から、どこぞの国の首相や国際企業の社長が出るかもしれない。そもそも修学旅行みたいなワクワク行事なのであるが、そういった国際エリートたちの冷徹な観察眼に日本がさらされる瞬間なのだ。

そんな世界のリーダー候補たちに日本が舐められたらたまったものではない。

ということで、毎年この学校では日本人留学生の一年生軍団が一致団結して立ち上がり、意地とプライドをかけてトリップの幹事を引き受け、外国人学生たちを迎撃することが伝統となっている。

今年なんかはとりわけ気合いが入っており、僕たち九人の日本人同級生は、すでに史上最多数の参加者である一四〇名を集めただけでなく、お手製のパンフレットにいたってはカラー版九七ページを作り、なんと総理大臣を訪問する予定まで盛り込んでいるという熱の入れようだ。

もともと日本は素晴らしい国だし、こうした日本人幹事の寝食を忘れた準備があれば、外国人だろうがエリートだろうが恐るるに足りず、と言いたいところだけど、……問題は夜の部なのである。

海外のエリートたちは、頭もいいけど対人力にも抜群に優れている奴が多い。ひらたく言うとお酒はめちゃくちゃ強いし、パーティーは大の得意としているスーパー秀才君たちなのだ。

国際社会の催し物や各種宴会に慣れに慣れた人たちなので、外国人受けしそうなカクテルパーティーやダンスパーティーだけ開いてお茶を濁していればすむはずもなく、かと言って「イッキ」を繰り返し、べろんべろんに酔っぱらって嵐が過ぎ去るのを待てばいいわけもない。「これぞ日本」

という オリジナリティーに満ちた激烈な宴会を毎夜開催し、彼らの魂を根底から揺さぶる内容をもってしないと、「やっぱり日本ってすごい」とはならない。「きれいだけどつまらない国ね」となってしまう。

そもそも海外では、日本人は酒もろくに飲まないおとなしい人たちだと思われている。英語の壁か経済的理由か、なぜか海外へ行く日本人は、インテリや金持ちの子息といったエリートが多い。彼らの多くは己をさらけ出して未知の世界の人間たちとつきあうことが苦手のようで、日本人が「おとなしくて、酒もろくに飲めない人たち」という誤解を生んでいるようだ。

そんな誤解をすっかり解き、一〇日間で外国人エリート共を大感涙させ、日本の熱き心意気で圧倒し日本の大ファンになってもらいたい。国益とまでは言えないかもしれないが、もしかしたら「日本の命運」を少しだけ背負っているかもしれないとは、そういうことなのだ。

ところで、今年の宴会部長の僕。

申し訳ないというか、残念ながらというか、僕の頭脳はどう考えても他の八名の日本人同級生のようにきらめいてはいなかった。

落ちこぼれていた高校時代は、赤点取得数の校内新記録を樹立しただけでなく、会社でも、簿記三級という高校生でも楽に受かる試験で合格までに三年も費やし、まだ若いのに同期よりすでに昇進が三年も遅れているほど素直にできないし、ハーバードに受かったのだって手痛い失敗の後だ。会社のＭＢＡ派遣生というものに選ばれていながらも、一つのＭＢＡも受からなかったというわが社始まって以来の前代未聞の「全滅」をやらかした後、MBA受験ではあり得ない、二年目の受験でひょっこりとハーバードに受かったというスマートさの欠落した登場の仕方をした。「珍獣採用」とも「ハーバードの七不思議」とも呼ばれている。

ただ、安心していただきたい。

皆が、異論なく僕を宴会部長に推し、そして全信頼をおいてなんでも言うことを聞いてくれているのには理由がある。

もう謙遜せずに思いきって言わせてもらうと、国際的な宴会を仕切り、その席で日本の熱い祭りの血潮を外国人たちにぶつけることに関しては、誰よりもうまくできる自信がある、血と汗と涙でつくられたプロフェッショナル超国際宴会マン、それが僕なのである。

僕はもともと、太平洋に面した美しくとも小さな港町で生まれ育った典型的な日本の庶民だ。高校一年のときまで家のトイレはボットン便所だったし、ＢＯØＷＹや尾崎豊に涙して青春時代を過ごしただけでなく、血液型もＡ型だし、人にものを頼むのが嫌いというか苦手で、「割り勘」して割り切れないときは多めに払わないとお尻の座りが悪いという、奥ゆかしさと人のよさが抜けきらない生粋の日本の庶民だ。さらに、もともとお酒もまったくもって苦手で、カラオケボックスに行ってもサングラスを外せないほどの自意識過剰の凄まじい恥ずかしがり屋で、幼稚園の頃からお遊戯でも女の子と手をつなぐこともできない筋金入りのオクテでもあった。

それが、いくつかの偶然と、血と汗と涙を経て結果的にはプロの国際宴会屋になっていた。

ことの始まりは一三年前、二〇歳になったばかりのとき、純和製青年だった僕は、アメリカにスーツケース一つで乗り込んでいった。アメリカの大学に留学しにいったのだ。

初めて乗った飛行機の中で「小林克也のアメリ缶」というふざけた名前の英会話教材を懸命にやっていたほど英語はからきしだったが、言語だけではない、文化の違いどころではない、世界がまったく違うアメリカに、無知で無垢で海外音痴の二〇歳が無防備に乗り込んでいったわけだ。

それは、まだ剥きたての茹で卵に歯の荒い大根おろし金をガリガリあてるように僕をむしり、ちぎり、そしてぐちゃぐちゃにしてくれた。アメリカという荒海で、何度も遭難しかけ、悔し涙を流し、怒り激こうし、嬉し涙も流して感動し、腹の底から笑い、人を愛し好きになり、大事な人を失い、もみくちゃにされながらなんとか這って進むなかで、「英語」という飛び道具と、日本人として海外でやっていくコツみたいなものを身につけていた。

二四歳でようやくアメリカの大学を卒業した僕は、日本に帰国して総合商社というところに入社した。この会社はとても立派でそして太っ腹で、「頭は悪そうだが経験は多彩」という点だけで僕を迎え入れてくれた。

ここでは伝統的な輸出部門に配属された。

そして、この「ユダヤの商人が一〇人一把になってもかなわないニッポンの総合商社」と恐れられる世界一の商人軍団「ザ・総合商社」で、国際社会での商売の仕方、いや、どこの国のどんな人間を相手にしてもきっちりと信頼関係を築き、お互いの心を徹底的にやり取りする術を仕事として厳しく叩き込まれた。

そのうち、日本の最先端の技術を海外に売るという天職と出合った。職人気質の生粋の日本のエンジニアの方々を海外にお連れし、職業倫理からしてまったく違う海外のエンジニアと魂と魂がぶつかり合う関係を構築してもらい、異国間混成チームで何かを紡ぎ出していくという仕事。まさに、日本そのものを海外にぶつけていくことを深掘りする機会を与えられた。

そして決定的だったのは、接待や宴会に関しては世界を凌駕するこの総合商社という組織で、「夜の仕切り」を徹底的に仕込まれたことだ。

特に、宴会を仕切らせたら日本一の大天才、「東京の夜の怪物君」と呼ばれる大先輩が僕を変えた。

彼の宴会術は、参加者が「超楽しかった」と喜ぶ程度では済まさない。まるで魔法をかけたように人々の心の鎧を解き、すっと心の中に入っていき、出席者全員をめくるめく絶頂へ誘うという究極のものだ。

不思議なものだ。

シャイで下戸で人づきあいが極端に下手だった僕も、その先輩の七年にわたる徹底的なＯＪＴにより、今では調子のいい日には参加者全員の「気」、つまりどの参加者がどんな気持ちでどれくらい楽しんでいるか、それがうっすらとした色の帯で見えるくらい入神の域に達していた。そしてその色の帯を引き出し、束ね、こねくりまわし、涙さえ伴う絶頂感を引き出すことができる「東京の夜の怪物君ジュニア」にまで成長を遂げていたのだった。

つまり、インテリやどこぞの名家の子息といった青びょうたんエリートではない、雑草のようなしぶとさと暑苦しいくらいの熱いハートの日本のシャイな庶民が、たまたまおかれた境遇で英語が喋れるようになり、「泣く子も黙る国際宴会術」といった特殊技能を極限まで開発されてしまったのである。

国際ビジネス界に迷い込んだ、超高性能国際宴会モビールスーツを着た純和製田舎庶民三二歳。それが僕だ。

外国人との宴席で、日本の庶民の心、その熱き魂を誰よりも的確に、そして誰よりも激しく彼らにぶつけることは僕に任せてほしい。そういうことなのだ。

あえて言うけど、日本は熱い国だ。

それを「酒も飲めないおとなしい連中」などと海外で見くびられるわけにはいかない。

勉強や仕事や運動を一生懸命やる「熱さ」や、友達や大切な人のために己を殺して何かを遂げる「熱さ」だけではない。宴会においても相当「熱い」。

宴会の最終兵器とも呼べるカラオケを発明したのも日本人だし、お酒にまつわる行事には事欠かない、「お祭りを極めた国」でもある。接待、合コン、歓送迎会だけでなく、盆暮れ正月、新年会、忘年会にクリスマス会、河原でのバーベキュー、桜でお花見、夏は暑気払い、秋はお月見、そして各地で数限りなく繰り返されるお祭りの数々。挙げ句の果てには「無礼講」という制度や「新人芸」という新たなエンターテインメントのジャンルまで作り出し、何はともあれ、飲んで食って、食って飲んで、歌いまくり笑いまくり、ほろりと泣いて踊りまくる民族。

島国の熱い民。激しい血潮が通うお祭りの民。これまでたくさんの国の人々と交わったが、こんな情熱あふれる怒涛のお祭り民族はほかにいない。

その等身大の日本を、日本の熱い血潮を外国人ゲストにぶつける。

さらに、異文化同士が交差する国際社会においては、いかに早くお互いの心を交わせるかが最重要である。育ちや価値観は違う。考え方や意見も違う。だからこそ、せめて「心」が通っていなければ、何も生み出すことはできない。国際社会でこそ、楽しく酒が飲める間柄、すなわち胸襟を開いて話せる間柄になれば信頼してもらえる。便宜も図ってもらえる。仕事も取れる。何かを一緒につくり出せる。だから瞬時に相手の心に入り込める「宴会」は本当に重要であるし、真剣に取り組むべきものなのだ。

ということで、このジャパントリップの記念すべき最初の宴会が、今夜、まさにこの六本木の居酒屋で始まろうとしている。

まだ薄暗い店内では開会の準備に向けて、お店のスタッフの皆様がせわしなく動いてくれていた。

そんな中、僕は同級生八名相手に宴会の事前ミーティングを開いていたのであるが、大柄な体に黒いスーツと髭ダンスの髭メガネを装着している「ユウスケ」が僕に耳うちした。

「そろそろ終わらせた方がいいんじゃない？」

幹事の事前ミーティングを終わらせたらどうかと言っている。

ユウスケは、今年のジャパントリップ日本人幹事軍団のリーダーだ。

幼い頃八年間をニューヨークで過ごした超バイリンガルで、若い頃から数々の海外プロジェクトを手がけてきた一〇年に一人の国際ビジネスの天才、日本を代表するビジネスマンで、その、人を包み込む優しさで今年の日本人幹事軍団を引っ張っていた。僕の親友でもある。

僕は時計を確認した。そろそろ外国人ゲストが到着する時間だ。ミーティングをまとめに入ろうとしたのだが、「東大一号」が言い出したことが、少し議論を醸し出していた。


そういえば今年の日本人同級生九名の中に東大出身者は三人もいる。

一年前には宴会的にはまったく使えなかった彼らは最近、少しずつ腕を上げてきて貴重な戦力になりつつあった。

三人もいるので覚えてもらう必要はまったくないが、一応紹介だけしておくと、黒子の衣装を着て渋い顔をしている「東大一号」と、ミニスカートを嬉しそうに履いている髭のそりあとの濃い「東大二号」は、跳梁跋扈の永田町・霞が関界隈で日本政府運営の中核を担ってきた元若手官僚のホープで、目立ちたがり屋の「東大三号」は、ファンドで大活躍していた超優秀で有名な若手ビジネスマンだ。

このほかに、もう一人の元総合商社マン、スリムでスポーティーで麻呂顔の最年長の「キミちゃん」と、ノッポの元敏腕証券営業マン「タケちゃん」といった頼もしいプロの宴会要員である二名を加えたのが今年の日本人一年生の同級生全員、ジャパントリップの幹事メンバーであった。

議論というのは、黒子役の東大一号が言ったことが原因だった。つまり、メインの芸の最後のオチとして、麻呂顔商社マンのキミちゃんが大ジョッキになみなみ注いだ日本酒をイッキする場面があるが、いくらなんでも大ジョッキに日本酒イッキは「さすがにまずくないか？　せめてコップにするとかお酒を水とかにしたらどうだろう？」ということだった。

宴会芸も、それを職業的にやろうとするといくつもの理論や定石がある。心理学や人間工学やら面倒な話も出てくるが、とにかく簡単に言ってしまうと宴会芸の王道は、「単純明快にする」だ。だから、「大ジョッキに一升瓶から注ぐ日本酒」という視覚的にも感覚的にもわかりやすいオチが出てきたりするのだが……。

キミちゃんに大ジョッキを渡し日本酒を注ぐ役目を担っているのがこの黒子役の東大一号だから、心配しているのだろう。基本、気の優しい奴なのだ。

ミニスカートの東大二号も一号の意見にうなずいた。「うん、その後のことも考えると、そうしてもいいかも」二号も元官僚だけあって保守的だ。

元ファンドの東大三号が「いや、キミちゃんだったら、大ジョッキで日本酒で大丈夫でしょ。そんなコップにしたら迫力ないじゃん」と言った。三号は元民間だからかイケイケだ。「とはいえ、水にすりかえるのはよくない」「でも実際、酔っ払ったら後の支障になる」「見た目だけわかってくればいいのでは」「コップなんかじゃ感動は呼べない」「見せたいのは気持ちであって実際酔っている事実ではない」……皆が思い思いのことを言い始めていた。

基本自己主張は半端でない人たちが、真面目に議論しはじめるとたまらない。収拾がつかなくなり始めたとき、当の麻呂顔商社マン・キミちゃんが何か言いそうになったので皆注目した。

グループ最年長にて思慮深い麻呂顔商社マン・キミちゃんは、ラーメンマン、いや、仙人のように目を細めながら片方の人差し指をすっと天井に向けると静かに言った。

「マラソンは、足がつってから。宴会は、酔いまくってから」

一拍おいてから、皆が同時に「おおー」と感嘆の声を上げた。

つまり、マラソンは足がつってからどうするか、そこからでもがんばれるのかが問われているスポーツであり、宴会は、酔いがまわってどうしようもなくなってからが本番で、そこで本来以上の実力が出せるのかが問われるものだ――ということが言いたいのだと思う。

まったくその通りだ。多分この世のほとんどのことは気合いがあれば何とかなるのだ。

僕はミーティングを閉めることにして、心の中で例の「パンツの呪文」を唱えた。

そしてみんなに声をかけ、最後に円陣を組んだ。

威勢のいい鬨《とき》の声とともに、この伝説に残る史上最強のジャパントリップの火蓋は切って落とされた。

それから一〇日後、この奇跡のジャパントリップは誰も予想だにしなかった感動の結末でその幕を閉じることになる。

その驚愕の最後に、トリップの最終目的地・広島にてリーダー・ユウスケはじめ僕たち日本人幹事全員が号泣することになるのだが……。それについては後で少し紹介したいと思う。


言い忘れたが、この本はジャパントリップの話というわけではまったくなく、ジャパントリップが終わった後の約四カ月にわたる僕の夏休みの戦いの話なのだ。

ジャパントリップといえども、この長くて熱烈な夏休みのほんの序章でしかない。

本当の戦いはここから始まるのであった。

そう、無謀にも全米を相手どった僕の戦い。


熱い熱い戦いの話なのであった。

# 第1章

# 夏休みの計画

いったいこの「資本主義の士官養成学校」とも揶揄されているハーバード・ビジネス・スクールの内部はどんな具合になっているのか。

学校は二年制だ。アメリカの教育機関の暦を踏襲しており、新学期は九月に始まり年を挟んで二つの学期を経た後の四月末に一学年が修了する。そして夏休みは四カ月と長い。


この学校のカリキュラムは一言で言うと地獄だ。

何しろ厳しい。

まず、どれだけ全学生が一生懸命勉強しようが、成績下位の数パーセントは強制的に退学になるという鬼のようなルールが設けられている。もともと優秀な奴らが「退学」という痺れるムチで叩かれながらしのぎを削るわけだ。それは白熱した学習環境となることはご想像の通りだ。

毎年九〇〇人入学する同級生たちは一〇個のクラスに分けられる。したがって一クラス九〇人。教室はスタジアム型というのか、扇形の段々畑のようになっている。そこに学生が一つの空席もなくびっちりと座らされる。日本の大学のように好きなところに座っていい歯抜けの教室とは違い、学生は年間を通じて決められた同じ席に座らされ、席の前に自分の名前を大きく書いたプレート(名札)を置かされる。まるで小学生のような扱いを受ける。

そして、一秒でも遅刻してきたら教室に入れない。無断欠席は言語道断、忌引きであろうが欠席自体非常に好ましくない。当然私語も内職も居眠りも一秒の集中力の欠落も許されない、そんな独特の緊張感マックスの状態で授業が行われるのである。

クラスは講義は一切ない。すべてディスカッション形式だ。いわゆるケーススタディというもので、いわば「ビジネスの物語」が書かれた「ケース」というものを題材に議論形式で行われる。ケースは、どちらかというと物語風に始まる出だしで、実際にあったビジネス上の問題や悩みや危機などが書かれている。「ボブは、X社の社長で、窓の外の冬の冷たい雨を眺めながらブランデーを舐めつつ、明日行われる取締役会でAプランを出すかBプランを出すかで葛藤していた。X社はボブが一五年前になけなしの金でつくり出した……」というように物語風に始まり、現在の会社の置かれた状況や問題といった事実が書き連ねられていく。

特徴的なのは、結局どういう決断をしたのか、とか、AプランとBプランどちらがよかったのかといった結論めいたところは一切書かれていないところだ。ただ、必ず実際にあった話がベースになっているので話自体に迫力があるだけでなく、現実社会の常として、その内容は複雑である。

基本八〇分のクラスで一つのケースを扱う。これを一週間に一〇本程度。卒業までに五〇〇本となる。ケース一つを準備するにも、勉強仲間たちと夜中まで議論しつくす真剣な「小プロジェクト」なので、その勉強量といったら英語圏出身の学生たちにとっても致死量間違いなし。完徹、連徹もザラだ。

授業を率いるのは、超頭脳明晰で迫力満点の教授たちで、毎回クラスは、たいていその鬼教官たちの「抜き打ち」から始まる。教授は、その日、クラスの中で一番自信のなさそうな学生を独特のセンサーで探知すると、そいつをひと睨みし「君、今日のケースの内容を要約しなさい」といきなり指名して、最初からトップギアでクラスを発車させる。

そうやってクラスが開始されると、教授の指揮のもとディスカッションが始まる。

その瞬間、「喋らせてください！」とばかりに学生が一斉に手を挙げる。発情期のメス鮭に群がるオス鮭のように皆勢いよく手を挙げるのだ。

なぜそんなに真剣になるのか。簡単な話だ。成績の半分はクラスの発言で決まるからだ。そう、しっかり発言できなければ退学なのだ。

ディスカッション形式といっても、誰か二人くらいの学生がひたすら何かの議論の応酬をするといったディベートのようなことは起こらない。

クラスは完全に教授が掌握しており、教授から指名された人間しか喋ることが許されない。そして基本的に一クラスで一人の人間が発言する回数は一回だ。八〇分のクラスで発言できるのはせいぜい三〇人だ。残りの六〇人はまったく喋る機会がないままそのクラスを終える。

そんな奇妙な「ディスカッション」でどうやって学習していくのか。そこにこの教授、そしてこのケーススタディの妙がある。

まず教授の頭の中には、ケースの解読書みたいなものが立体的に収まっている。そして教授は、その立体迷路を学生の発言だけを頼りにクラスを導いていく。

学生の発言だけ、なのだ。そう、なんと教授は一切何も教えない。学生が教授に質問しても、「私に聞かれても困る。誰かわかる人」とほかの学生に質問を答えさせる。

そう、教授はクラスをたくみに導く道案内人の役割しかせず、教え合うのはすべてクラスの学生たち。教授は何か質問を投げかけたり、学生の発言を肯定したり否定したりまとめたり、新たな問題を提起したりしてクラスをある方向に導いていく。いわば船頭役に徹するのだ。

学生たちが自分の経験や考察をもとに手さぐりでいろいろ発言し、クラス全体で立体迷路をどんどん深く進んでいくのだ。そして、いろいろなことに議論をつくし、時に目から鱗をヒラヒラ落としながら八〇分のクラスがクライマックスに差しかかる頃、皆の議論が白熱し教授の先導もガチッとハマッたときに、その立体迷路のゴール、つまり、そのケースが教えてくれる真髄、「真の本質」という宝までたどり着くことができるのだ。

教授と九〇人の学生の緊張感マックスの全力一本勝負。

それがハーバード・ビジネス・スクールのクラスなのだ。

正直、そんな世界では「どこどこ卒」や「どこの会社出身」とかの肩書めいたものはまったく役に立たない。ここで生き残るために必要なものは、そういったものとは違うようであった。


少し前置きが長くなったが、ここから本題に入る。


結果的に僕は、この地獄の一年目をなんとか耐えしのんだ。そして五月からお待ちかねの長い夏休みに入ったわけだ。

通常、ハーバードMBAの学生は、その四カ月の長い夏休みにインターンシップと呼ばれる企業での研修を行う。次の年の卒業とともにこの学校を巣立っていくための準備だ。

将来働いてみたい企業で二週間から長くて数カ月実務を経験することで、その会社や業界の内情を知るだけでなく、人脈をつくり、そして企業に自分をアピールするのだ。企業側もMBA生を積極的に採用したいので、このインターンシップは派手に行う。気合いを入れて募集もするし、インターンシップ中は学生を高級ホテルに泊め、連夜高級レストランで学生たちをもてなす。さらに、ほんの少しの期間しか働かないのに、お年玉といわんばかりに一〇〇万円単位の給料をぽーんと渡す。このご時世とは思えぬとてもバブリーな世界なのである。

ハーバードMBAを卒業すると数年で億を超える金を稼ぎ出す人間も珍しくないが、そんな超ハイパーエリートな人生の入り口が、このインターンシップから始まるのである。
当然皆超気合いを入れて、少しでもいい企業でインターンをしてガンガン自分をアピールし、卒業後の就職先に目星をつけ……そうしてエリート人生の第一歩を踏み始めるのであるが……。
僕はそんな数百万円の夏休みには目もくれず、あるものにこの夏休みをかけることにしていたのだ。

あるもの——それは「バッファローウィング」というものだった。

バッファローウィング。それはアメリカで生まれた究極のジャンクフードのことだ。ハンバーガーやらホットドッグやらナチョスやら、ジャンクフード王国とも呼べるアメリカの中で、最もアウトローで危険なほど熱狂的なファンがついている最終兵器的なジャンク中のジャンク、それがバッファローウィングという食べ物なのである。

まず、バッファローというのは、アメリカの北部に位置するニューヨーク州にあるバッファロー市というところのことだ。あの有名なナイアガラの滝はこのバッファロー市にある。ちなみに、この小さな地方都市は、バッファロービルズというアメフトチームでも有名だ。その年の全米アメフトリーグの頂点を決める「スーパーボウル」に一九九〇年から四年も連続で出場しながら、四年連続で敗退という珍記録を持つ愛すべきずっこけチームだ。

ただ、言ってしまえば、人類的には巨大な滝も、大男たちの球投げチームの栄光も、もう一つのバッファロー市の産物からしたら大したものではない。僕にとって、そして全米各地に散る多数のバッファローウィングおたくにとっては、バッファロー市は、もはや「聖地」なのであった。そう、なんせバッファローウィングの生まれ故郷なのだから。

伝説は、一九六四年のとある寒い夜に生まれた。

その夜、バッファロー市のダウンタウンにあるテレサというおばさんが営む「アンカーバー」というレストランバーに、なじみの若者たちがドカドカと流れ込んできた。すでに少し酔っていたようで、店に着くとすぐに「何か食べるものを作ってくれ、腹ぺこなんだ」とテレサおばさんに訴えた。あいにく閉店間際の遅い時間で定番のツマミの材料も切れていたが、テレサは冷凍庫に凍らした鶏の手羽が残っていたことを思い出した。

そのとき、後に多くの人生を左右することになる、とんでもないアイディアがテレサに静かに降りてきた。

テレサは深めの鍋に油を注ぐとそれを熱し始め、油が高温に達すると凍った手羽を放り込んだ。そして揚げたばかりの手羽に、その場で作った特製のソースを絡ませた。この世のものとは思えない赤オレンジのソースが光る手羽は、見た目も刺激的だがどこかで嗅いだツーンという鼻の奥に箸を突っ込まれるような強烈なにおいを発していた。

若者たちは「なんだこれは」といぶかり、お互い顔を見合わせたが、すでに十分酔っており、お腹もすいていたので勢いに任せてそれに食いついた。

かぶりついた途端に、「ゴホッ、なんじゃ、こりゃ!?」と、むせながらおったまげた。

それもそのはず。そのソースは、これまで誰も味わったことのない奇妙で奇跡的な味の組み合わせ、なんと、酢とタバスコだったのである。

酢のむせかえるような酸っぱさに、タバスコの刺すような辛さの劇的な出合い。これがカリカリに揚げられた鶏肉に絡まっている。

最初それを食した若者たちは、人智を超えた激烈な味に戸惑った。

が、一本、もう一本と、次々とその珍しい手羽に手を出すのを止めることができなかった。

聖母テレサが、その夜、このバッファローの地で天啓のごとき閃きで作ったこの料理、いや、この究極のジャンクフードは、その後えらいスピードでアメリカ全土に普及していった。特に、バッファロー市周辺は聖地アンカーバーを中心としたこのジャンクフードの激戦区となり、その名を全米に轟かせていくのであった。

そう、このジャンクフードこそが「バッファローウィング」なのだ。手羽は英語でウィング。バッファローで生まれた手羽、それがバッファローウィングというものだ。

このカリッと揚げた手羽を赤オレンジ色の酢っぱ辛いソースで絡めた食べ物は、ビールや炭酸飲料によく合う。そして、この独特の味はやみつきになる。付け合わせは、セロリや人参の野菜スティック。これにブルーチーズやラーンチのドレッシングをつけてかじりながら手羽にとりかかるわけだが、これらのドレッシングをウィング自体につけても格別にうまい。ウィング、飲み物、そして野菜スティックの三角食いが佳境に入ると、誰も止めることができない絶世の食べ物なのだ。アメリカでは大人気で、たいていのバーには置いてある、日本で言うと、「鶏のから揚げ」くらいポピュラーな食べ物で、個人的にも特別な思い入れのある食べ物なのだ。

僕はこの四カ月の長い夏休み――、最初の一〇日間のジャパントリップが終わった後の長い夏休みを、バッファローウィングにかけることにしていたのである。

なぜか、と聞かれても論理的に回答することは困る。

というか、この発作に似た衝動のような行動は、実は突然降ってわいて出たのであった。

それは、夏休みが始まる数カ月前、ケーススタディで徹夜が数日続き、トランス状態で朦朧としていた大雪の夜、あれは午前三時くらいのことだった。

血走る眼でケースを読み解く僕の頭が、ふっと一瞬白くなった。

なんだ？　ついに頭が容量オーバーで爆発したかと恐怖におののいたそのとき、突然、奇妙で、それでいて鮮明な映像が頭に浮かんだ。何の前触れもなく。

それは、なぜかカメハメハ大王のような葉っぱでできた腰巻をした裸の自分だった。いい色に焼けている。ハワイかどこかなのだろうか。晴天の下の砂浜でなぜか満面の笑みを浮かべて両手にはなんとバッファローウィングを掲げている。

そしてその奇妙な映像とともに、へなちょこな言葉が頭に浮かんだ。

「バッファローウィング王」

という言葉であった。

なんだ今のは？　なんだ「バッファローウィング王」とは？

と疑問を抱いたが、いやいやそんなことを考えている暇はないとそれを一蹴し、勉強に戻った。

ただ、その映像とキーワードは、それから時折僕の心に現れるようになり、決して好きではないがＣＭで何回も流れているのでいつしか心の中でリピートされる曲のように、次第に僕の心を占めるようになっていった。最後は高熱病に冒されるようにその熱い異物に取りつかれた。

「バッファローウィング王になりたい」

一カ月も経つと、僕は完全にその想いの虜になっていた。

そして、気がつくと数百万円荒稼ぎができるインターンシップを一切捨てて、この夏をバッファローウィングにかけることにしたのだ。

自分でもなぜこんな行動に出るのか本当にわけがわからなかった。確かにウィングは愛していたし、特別な思い入れもある食べ物なのではあるが……。

なぜにバッファローウィングなのか。


実は、ある背景があって僕は、「何かで全米一番になる」というとんでもないお題を長年抱えて生きてきた。少し複雑な歴史もある。そしてこれにも十分関係しているのだが、ある悪い夢、僕は「野球の悪い夢」と呼んでいるのであるが、それに長年うなされてきて、なぜかハーバードに来てからその悪い夢を見る頻度が増えていた。そして、その「一番になる」ということを絶対に果たさなくてはならないという強迫観念は、日々強くなっていった。

とはいうものの、まだ何にするかは決まっていなかった。何で一番になろうかとはまったく決めていなかったのであるが……。

まさかそれがバッファローウィングになるとは思ってもいなかった。まぁ、だから、この決断については、自分でも正直よくわからない。

　いや、一つだけ言えることはある。

なぜバッファローウィングなのかは説明がつかないが、無謀とも思える願望に愚直に従うという行動に理由づけをするのであれば、それは、このハーバード・ビジネス・スクールの教育のせいだとも言える。

　この資本主義を代表するような教育機関。あたかも利己的な冷血エリートが他人を蹴落とし、より賢く生きるためしのぎを削る魑魅魍魎《ちみもうりょう》の世界かと思いきや、この学校はまったく違うところだった。

　この学校の本当の強みは、先ほど説明した鬼教官たちが徹底して教える究極のケーススタディでも、その数十億ドルを資金運用している財務基盤でも、はたまた一流ホテルを思わせるような建物でもなく、実はこの学校の熱さ、そしてこの学校を支配し続けている哲学なのではないかと感じていた。

その哲学とは一言で言ってしまえば、「ぐちゃぐちゃ言ってないで、リスクを取って、何かにチャレンジしなさい」という、夢と希望と勇気と情熱に満ちたものだった。

エリートなんだから、現在の「システム」を利用してその仕組みの中で上手に無難に出世していきなさい、というのとは真逆の、「何かを変えなければ意味がない。だからこの学校で、いろいろなことを教えよう。そして、それを身につけて羽ばたくときがきたら、リスクを取って新しいことをやりなさい。既存の仕組みをぶっ壊しなさい。世界に影響を与えなさい」という勇敢な哲学が、この学校の関係者、教授だけではなく、学校運営にかかわる人、用務員のおじちゃんからキャンパスを覆う美しい芝生の一本一本までを支配し、全員がそれを真剣に信じている。それがこの学校の最大の強みなのではないかと感じていた。

「大企業の出世階段を上ろうなんて安易なことは考えるな」と教わった。

「毎朝鏡を見て、げんなりする日が続いたら、ドキドキ、ワクワクしていない自分を見る日が続いたら、考え直して、心がときめくことをやれ」とも教わった。

「リスクを取ってチャレンジしない人生を送ることこそ、年をとってから後悔するという、人生最大のリスクを背負っているんだ」とも教わった。

そんな心の底から熱い奇跡の教育機関がハーバードＭＢＡで、そこの薫陶を一年にわたり受けた僕は、なんとなく思っていた「バッファローウィング王になりたい」というもやもやした夢を実現するため、この夏休みを思いきってそれにかけてみることにしたのだ。

まぁ、周りの学生たちは驚いていた。しかし、驚き、正直若干ひきつつも「オマエらしい」「やっぱりチャレンジは大事だ」「それこそ男だ」など、ナイスなリアクションをくれていたが、クラスメートで親友のメキシコ人、カルロスだけは、大笑い、いや馬鹿笑いしてくれていた。

ちなみにカルロスは、ハーバードMBAのラティーノというラテンアメリカ系の学生たち、つまり宴会やお笑いや陽気さでいったら世界でトップを争うパーティー人間の軍団の中で、群を抜いて面白い宴会野郎だ。東の宴会横綱を自負する僕と西の横綱の彼とはよきライバルであり、そして近所に住んでいて、ケースが終わって夜中の三時くらいからビールを嗜み、勉強でたまった鬱憤を晴らすために鋭く際どいジョークを飛ばし合い、世界宴会界につき熱き議論を交わし、新しいお笑いネタを作り出すといった大親友であった。この野郎だけは素直に大笑い、いや馬鹿笑いしてくれた。

いずれにせよ、バッファローウィング王になるのだ。

そして、ちょうどいいものを見つけてしまった。

夏休みが終わる頃、つまり九月の最初の日曜日に、「聖地」バッファロー市にて毎年恒例の「バッファローウィング祭り」と呼ばれる大イベントが催される。全米バッファローウィングおたく「ウィンガー」にとっては、死んでも見逃せない大々的なイベントのようだ。

そしてその祭りのメインイベントとして、誉れ高きバッファローウィングの全米調理コンテストが開催される。

そう、全米ナンバーワンを決めるバッファローウィング調理選手権。それが、このバッファローウィングの神が宿る地で行われるのである。

そうとなったら話は早い。この全米ナンバーワンを決めるバッファローウィング調理選手権に出場し、優勝して文字通り「バッファローウィング王」になることに、夏休みをかけることにしたのである。

これは身の毛もよだつような壮大な挑戦だ。

ジャパントリップのときのように、八名の有能な同級生の戦士たちが助けてくれるわけではないし、そもそもわが故郷日本でのイベントではない。なんといっても今度はアウェイだ。アメリカでの本土決戦なのだ。

そしてバッファローウィングは「これぞアメリカ」という、アメリカを代表するジャンクフードである。フーターズという、ダイナマイト・ボディのウェイトレスのお姉様たちが、小さなTシャツと短パンで働いているアメリカの名物セクシー居酒屋チェーンでの定番料理もこれだし、アメリカンのオートバイに乗った「ヘルズ・エンジェルス」ばりの不良オヤジたちが好んで食べるのもこのウィングだ。そんなウィングの大会、アメリカの民のプライドさえもかかった戦いに日本人が出るのである。全日本寿司職人選手権に、生魚さえ食えなさそうな繊細さのかけらもないアメリカ人が出るようなものだろう。

いや、そんなことより、そう、この挑戦を何よりも無謀にしていたのは、それは、自慢ではないが僕が料理のまったくの素人だということだった。「無謀」という二文字がピッタリはまるシチュエーション。

出場させてもらうのさえ至難の業だったが、ここだけの話、勝算がないわけではなかった。

まず、出場権を勝ち取るための作戦は、単純明快だ。

「全米一周ウィング食べつくしの旅に出るほどのウィングおたくを出してくれ大作戦」だ。

大会ホームページによると、出場希望者は七月に入ってからメールで経歴や賞歴等を添えた出場希望を出し、厳選なる調査を経て出場権が与えられる。地区予選等がない分、経歴や賞歴等で裏づけされる実力がないと出場できないようだ。

極めて不利、というか絶望的でさえあったが、幸いなのは申し込み開始にはまだ二カ月近く時間があったことだ。

ただ、二カ月程度で他人が一目でわかるような料理の実績なんてできるわけないから、「ウィングおたく度だったら誰にも負けない」という、そのままの路線を極めることにした。

「全米一周ウィング食べつくしの旅をしているウィングおたくです」という実績を二カ月で無理やりつくり、その情熱を正面からぶつけて出場を勝ち取るというゲリラ的作戦。最後は大会本部に車で乗りつけて直談判し、それでもダメならハンガーストライキでも決行するという強硬策も視野に入れた、大胆な作戦なのであった。

そして、無事出場権をもらった後、実際の調理選手権でどうやって戦うのかという作戦。

ここで重要なのが、僕の妻なのであった。

一年前に結婚したオリエンタルな顔立ちの彼女は日本人だが、父親の海外駐在のため幼少期の七年間を東南アジアで過ごした。さらに、シアトルに留学していた。彼女の両親も国際企業での職場結婚だし、彼女の妹は日本語が僕よりうまいロシア出身の若者と国際結婚している国際的な一家だ。

そして、何かとミステリアスな部分がある彼女に、僕はいつも翻弄されまくっていた。

例えば、彼女について大きな勘違いを二つしていたことに結婚してから気づかされた。

一つは、ドライブに関することだ。

たいてい女性はドライブに行くと助手席で寝る。特にスキーや海水浴の帰りの車では助手席でぐっすりと寝る。そんななか、彼女はただの一度も僕が運転する車の助手席で寝たことがなかった。

車の振動は眠気を誘う。ドライバーは運転しているので眠くならないが、助手席に乗っていたら誰でも眠くなる。だが彼女は自分を律して絶対に寝ない。彼女のそんな凛としたところに僕は惹かれていた……はずだったのだが……。結婚してすぐのあるとき、車の運転中に僕が「寝ていいよ、疲れているでしょ」と言ったら、「寝たいけど、あなたの運転が下手くそで怖くて寝れないのよ」と真の理由を告げられ、事実、彼女の母親が運転している車ではすやすや寝ているところを目撃した。

僕は本気でずっこけた。

もう一つは、こっちが重要なのであるが、彼女の料理の腕に関することだ。

彼女は社会人になってから東京で料理学校に五年も通っていた。遂には「料理検定上級」という資格も取ったらしい。

しかし、たかが、と言っては悪いが、料理の学校に、プロを目指しているわけでもないのに五年も通うのは長すぎないかといぶかっていたのだが、彼女が僕の部屋で料理を数回作ってくれたとき、あるときは「レシピを忘れたから作れない」とか、あるときは「必要な食材が一つ足りないから作れない」と大騒ぎをしていたのをみて、「なるほど、料理のセンスが欠落しているから五年も通ったんだ」と、結婚してからの食生活については潔くあきらめることにしていた。

しかし結婚して一年が経つ頃には、予想に大きく反して彼女は、究極の国際料理人へと変貌を遂げていた。

結婚して毎日料理を作るという環境が彼女を劇的に進化させた。毎日料理を作る生活で、料理学校五年分に当たる膨大な料理の知識のデータベースは、彼女の中でゆっくりと時間をかけて消化され、彼女の血となり肉となり、今となっては膨大な正しい料理の情報に裏づけされた、それでいて豊かな感性と繊細な味覚を頼りに究極のごちそうを紡ぎ出す、天才的調理人へと彼女を進化させていたのであった。

これは嬉しい誤算だった。

さらにハーバードＭＢＡでの最初の一年間、地獄の勉強もなんのその、僕たちは本当にたくさんの外国人を自宅に招き日本食を食べさせてきたわけだが、その料理を全部作っていたのは彼女だ。それは、どんな料理が外国人に響くかを実践で試す味の探求の旅でもあった。また、お礼として外国人の家にも招かれるわけで、そこでは有名なものから珍しいものまでさまざまな国の多岐にわたる家庭料理を馳走になってきた。

もともと幼少の頃から長く海外に住んでいた彼女は、異文化というものに対して独特の距離感を持っている。僕のように二〇歳になってから初めて海外に出た人間とは違う、もっと心の深いところで自然に海外を抱きしめているようなところがある。その感覚で大量の外国人に飯を食わせ、たくさんの外国人家庭にお邪魔し飯を食わせてもらってきた彼女は、国際料理のエキスパートになっていた。

そんな妻の全面的な協力があれば、調理選手権でもなんとか戦えるはずだ。もともとバッファローウィングは単純な料理だ。究極的には、鶏肉を揚げて、ソースに絡めるだけ。

彼女の手を借りれば、僕が標榜する究極のウィングを創り出すことができるはずである。

そんな作戦を抱いていた。

ということで「全米一周ウィング食べつくしをしたウィングおたくを調理選手権に出してくれ大作戦」から僕の夏休みは始まるわけである。

妻も一時帰国の予定があったり日本料理をボランティアで教えていたりと何かと忙しく、歯抜けな彼女の都合もあったため、僕たちは全米一周のウィングの旅を四つのパートに分けていた。

第一のパートは、文化や食の最先端を行くニューヨーク市のマンハッタン。これは妻の予定の調整がつかないため僕一人でバスに乗っていくことに。

その後はすべて車での旅になる。

第二のパートは、聖地アンカーバー周辺の「バッファローウィング激戦区」を回る旅。これは妻と二人で。

第三のパートは、東海岸から西海岸までアメリカの下の方を通って進む旅。これは妻が一時帰国中なので、旅のお供に日本から会社の同期が来てくれることになっていた。

最後の第四のパートは、今度は西海岸から東海岸までアメリカの上の方を通って戻る旅。これは一時帰国から帰ってくる妻とシアトルで落ち合い二人で。

およそ二カ月をかけて全米を一周し、ウィングおたくとして出場権を勝ち取ってやるのだ。

そうして、ジャパントリップが終わりアメリカに戻った僕の長い夏休みは、まずニューヨークへウィングツアーに行くところから始まるわけであった。

ようやく長い長い前置きが終わり、僕の熱い熱い夏の戦いの始まり始まり――なのであった。

第2章

# マンハッタンの洗礼

ニューヨーク市がいくら昔より格段に安全になったとはいえ、ハーレムというスラム街で、上半身裸で刺青バリバリのスキンヘッドの巨漢の黒人のおじさんに、ギロッと睨まれたら、しかもその巨漢黒人のおじさんの後ろにゴツイ銃器を携帯していそうな凶悪顔の不良黒人のおじさんの「群れ」がいたら、荒野でライオンに睨まれたときのように、生命の危機を感じるのは動物として正常な反応だろう。

僕は、自分がスラムではまったくの弱者で、僕の隣で固唾をのんでいるニューヨークの有名な金融ファンドで大活躍している親友のコウイチも、ここでは戦闘力ゼロの痩せっぴの若者でしかないことを痛感していた。コウイチの後ろで縮こまっているコウイチの奥さんのサクラちゃんにいたっては、そのままさらわれて生贄にされてしまうかわいそうなプリンセスのようだ。

リーダー格のスキンヘッド巨漢黒人のおっさんは、急に緊張を緩めるとわりかし可愛い声で言った。

「……なんだ、バッファローウィング屋か……あぁ、あそこなら少し前に潰れたぜ、坊頭」

「え？　潰れた？」

「ああ、残念だったな」

まったく幸先が悪いことに気がついた僕たちは、黒人不良おじさんたちの機嫌が変わらないうちに、そのデンジャラス地区から早々に退散することにした。

コウイチがぶつぶつ言っていた。

「おー、怖。だからハーレムはいややって言ったんや」

「営業してるかどうかぐらい調べときなさいよ」

サクラちゃんは旦那のコウイチを攻め立てた。

「なんや、調べたのは住所や。知らんて潰れたなんてこと」とコウイチがふてくされていた。さすが大都会ニューヨーク市、食べ物屋の衰退も激しいようだ。

記念すべき全米バッファローウィングツアーの一軒目、ニューヨーク市のハーレムにあるはずの名店は潰れていた、という不発をくらった僕たちは、命からがらスラム街から脱出し、次の店に向かうことにした。

どう考えても幸先の悪い出だしだった。

二軒目の店は営業していた。ニューヨークを拠点とした小さなウィングチェーンのお店だ。店は水色の明るい色の壁。所狭しと並ぶさまざまな種類のビールや酒類が置いてあるカウンターが、カリビアンリゾートを思わせた。

ぶっきらぼうなウェイトレスに早速ウィングを注文したのだが、待てど暮らせど出てこない。一軒目は空振りだったから皆腹も減っている。

「なんでこんなに時間がかかるねん」とコウイチが言い、皆の空腹と苛立ちが最高潮に達した頃、今日一皿目のウィングはようやく出てきた。

ついに出てきたマンハッタンでの最初のバッファローウィング。

どぎついオレンジがかった赤いソース。そして独特のツーンという刺激臭。

これだ。これぞバッファローウィングなのだ。

懐かしかった。このバッファローウィングには個人的な思い入れがある。

一三年も前の話だが、二〇歳で右も左もわからず一回目のアメリカ留学をした僕を、ある意味救ってくれたのが、このバッファローウィングだったのである。

当時、英語もまったくできないくせになんとかアメリカの大学に潜り込んだ僕は、毎食を寮のカフェテリアでとっていた。アメリカは全寮制の大学が多く、学生はそこで朝・昼・晩と食べるのが常だ。

ちなみに、アメリカの大学のカフェテリアの飯はすごい。あの「味の不感症」とも呼べるぶっきらぼうな味覚を持ったアメリカの若者たちでさえ「豚の餌」と呼ぶ代物だ。味もさることながら、メニューはほとんど手抜き。朝飯は卵料理があるときはまだまし。ドーナツだけのときや、ひどいときは、前夜の売れ残りのピザが「ブレックファスト・ピザ」と名前を変えて堂々と置かれている日もあった。

焼肉好きの僕の親父は、ブルース・リーの映画で血のしたたるステーキを食べているアメリカ人を見て「お前アメリカ行ったら毎日ステーキが食えるな」とうらやましがっていたが、とんでもない。ステーキは月に一度。お代わり自由の食堂にしては珍しく、チケットを配って一人一つを徹底させるほどケチッて出てくるくせに、靴の底のような硬い硬い牛肉だった。

ただ、「豚の餌カフェテリア」とはいえ、二〇歳前後の食べざかりの若者にとってはアメリカの飯は最高だった。毎日ハンバーガーにホットドッグ、フライドポテトにコーラを好きなだけ飲み食いできるのだ。お代わり自由の食堂で文字通り好きなだけ。

ところがアメリカ留学二年目のある日、突然、昼食で定番としていたハンバーガーが食べられなくなってしまったことがあった。

なぜか口に運ぼうとする行為を体が拒絶する。食べる気が起きない。というか食べられない。でも、何か食べなければならない。午後は授業がたっぷり入っている。何かハンバーガーに代わるものはないかと食堂を見回しても、目に入ったホットドッグはさらに厭で、フライドポテトを見たらゲロが出そうになってくるし、チーズとベーコンを挟んだパンを見たら本格的に気分が悪くなってきた。愕然とした。ようは、アメリカの飯が全般的に食えなくなったのだった。

アメリカに来て初めて思った。いや、それまで無意識的に封印していた想いが頭をもたげた。「日本食、食べたい」と。母ちゃんの作ったみそ汁と、塩鮭と白いご飯。沢庵に卵焼きの日本の朝食セットが頭の中に浮かび、ごっくんと唾が出た。このままアメリカの飯が食えなくなったらと考えると、僕は恐ろしくなった。外食するほどの金はないし、自炊をするほどの時間もない。そして、なにしろこのカフェテリアという「戦線」を離れることはできなかった。

正直、自分の部屋で日本食を自炊するほうが健康的でおいしいし、うまくやれば経済的だとはわかっていた。だが、僕は毎日カフェテリアで食べることに決めていた。友達もほとんどおらず英語もほとんど喋れないなか、毎日カフェテリアで飯を食うのはつらい。一人になってしまうときも多い。学生がワイワイ嬌声を上げて楽しんで食べているテーブルに囲まれて、ぽつんと一人で飯を食うのは寂しいし、勇気のいることだ。しかもアメリカのカフェテリアは円卓だ。長いテーブルに一列に並んで食べるタイプではない。円卓で一人で食べているのは「浮いている感」「仲間はずれ感」も倍増する。ただ、ここで、日本人留学生だけで和気あいあいと食べている円卓に座ったり、あるいは部屋にこもって自炊を始めたら、なんだか負けのような気がして、僕は必ずカフェテリアで飯を食べるようにしていたのだ。

途方に暮れた僕は、サラダバーの方にふらふら歩いていった。

馬の餌場みたいな巨大なサラダバーにも食欲をそそるものはまったくなく、僕は「ソーイソース（醤油）」のドレッシングのプラスチックの容器をひっつかむと自分のテーブルに戻り、えいやとばかりにハンバーガーに醤油をかけ、そして醤油漬けのハンバーガーを食べた。なんだか情けないのか悲しいのか、涙が出てきた。

が、そのとき、「あれだったら食べていい。いや、むしろ、あれを無性に食べたい」と思うものが、アメリカの飯の中で、一つだけあった。

そう、それが、バッファローウィングだったのだ。

バッファローウィングも当然アメリカの飯だ。でも、これだけアメリカ飯がいやでたまらなくなっても、あれは食べたい。ただ、残念なことに、このおんぼろ食堂にはバッファローウィングなんて洒落たものは置いていない。だから、次の火曜日、僕は車を持っている友人と二人で、バッファローウィング屋の「火曜日食べ放題の夜」へ突撃した。午後五時の開店と同時に乗り込み、友達だけではなくウェイトレスの女性も驚くほどたくさん平らげた。軽く一〇〇本は食べた。そしてそのとき、日本食への渇望が止まった。

――いける。たまにバッファローウィングを食えば、日本食がなくてもなんとかなる。

アメリカの「まずい飯砂漠」での僕のオアシスであり、希望の星であった食べ物、それがバッファローウィングなのである。

「学生時代のいい思い出だった～」だけではない。おいしいウィングは、気絶するくらいおいしい。僕が最初にいた大学は、聖地アンカーバーからは約数百キロの「バッファローウィング激戦区」の真っただ中に位置しており、僕がたまに通っていたそのウィング屋も、激戦区のウィング屋の中でも雄の一つと数えられる名店だった。ウィングは、全米各地でも、たまに日本でも食べられるが、ほとんどがニセモノだ。あの「激戦区」の本場のウィングからしたら別の食べ物だ。本場のバッファローウィングは圧倒的だ。食文化という意味ではマックとスタバくらいでしか世界に貢献を果たさなかったアメリカ人が、唯一生み出した独創的で芸術的な食べ物、それが本場のバッファローウィングなのである。

そのバッファローウィング。マンハッタンの有名店のバッファローウィングが、今、僕たちの目の前に出てきたのだ。

僕はコウイチとサクラちゃんと目を見合わせ、ごっくんと唾をのみ込んだ。

そして、数秒顔を見合わせた後、勢い勇んで素手で一気にかぶりついた。

ウィングは素手で食べるものだ。手がソースでベチョベチョになり、口の周りは吸血鬼のように赤オレンジのソースでグチョグチョになるが、それを大量に置かれている紙ナプキンでふきふき、かぶりつくのが流儀である。お行儀よく食べてはダメなのだ。思いっきりかぶりつくものである。

待ちに待った、食や文化の最先端ニューヨークを代表する名店のウィング。「えいや」とばかりに思いっきりかぶりついた。一気にかぶりついてみた。何しろかぶりついてみた。

「うっ」僕たち三人は同時に唸って、お互いの顔を見合わせた。

常に正直なコウイチの言葉が、このときの全員の心境を何よりも端的に表していた。

「まずいやんけ」

サクラちゃんは残念そうにうなずき、一本食べ終えると「うーん、もう少し酸っぱくてもいいかも」と言った。

僕は少し考えて寸評をメモに書き留めた。サクラちゃんの意見も書き足した。

次に「ハニーマスタード味」が出てきた。

ウィング界は進化が激しく、そもそも聖母テレサが開発した酢とタバスコの「オリジナル」と呼ばれる元祖の味以外にも、いろいろな味が開発されている。ハニーマスタードは多くの店が出す亜流ウィングの一つだ。こってりとろみのある黄土色のソースが、ジャンクフード感を増している。

残念ながら、こちらもダメだった。サクラちゃんが「これはマクドナルドのナゲット用のソースのマスタード味に近いね」と辛いコメントをしていた。僕はそれをメモに書き込んだ。

さっきから黙々とウィングを食べていたコウイチが言った。

「ってゆうか、自分、それメモ?」

いつまでたっても関西弁を変えるつもりのない大阪人のコウイチは、相変わらず僕のことを「自分」と呼ぶ。

コウイチは、今ではニューヨークで金融マンとして働いているスーパービジネスマンだ。生き馬の目を抜く金融界のトップエリートたちがしのぎを削るニューヨークで活躍しているこいつは本当にすごい。生半可な頭のよさだけでは生きていけない。他を圧倒する情報収集能力や、研ぎ澄まされた動物的な嗅覚、そして他人を蹴落とすこともいとわない断固たる強さがなければやっていけない世界なはずだ。そこで活躍しているのは本当にすごい。

ただ、どんなにすごいビジネスマンになっても、僕にとってのコウイチは、関西訛りの英語を一生懸命喋っていたあの頃のコウイチなのだが。

「は?」と僕は聞き返した。

「いや、それ味をメモってるん?」

「そうだけど」

それ以外に何があると言うのだろう。相変わらず素っ頓狂な奴だ。

「ホンマ?」

「それがどうかしたのか?」

「……いや、自分、昔はメモなんか持ってなかったで」

「ん? ……そうだっけ?」

「手の甲に書いてたで」

コウイチが僕をいぶかしそうに見ていた。

そういえば、大学の頃は何か大事なことがあると、手っ取り早く手の甲にボールペンで書いていたことを思い出した。

「いつの話してんだ。そりゃ人間成長するさ」

もう大学時代の僕ではない。コウイチが金融界でしのぎを削ってきた間、こちらも会社で揉まれてきたのだ、それは少しは成長もするだろう。

「メモなんて……似合わん」コウイチはぶつぶつ言っていた。

「は? わざわざマンハッタンくんだりまで来たんだから、そりゃしっかり研究しないと」

「うわ、『研究』やて……」さらにぶつぶつ言っていた。

「なんだよ、うるさいなあ」

マンハッタンウィングツアーではニューヨーク在住のコウイチとサクラちゃんの家に泊まり、水先案内もお願いし、ニューヨーク出身のハーバードの同級生の情報やインターネットでおいしいと評判のお店を四軒ほど訪れる予定にしていたのだ。

そして、この「ウィングの夏」で最初にマンハッタンに来たかったのは、この大それた挑戦をかますときに、まず最初にコウイチに会っておきたかったからだ。

撃沈のハニーマスタード味の後最後にバーベキュー味が出てきたが、これも残念ながらいまいちだった。なんだか気だるい味だ。甘くて張りがない。サクラちゃんが「お子様向けって感じね。ご飯に合うかも」と相変わらずまったく絶妙なコメントをかましていた。

一軒目は潰れていて、二軒目は非常にまずい。この夏休みの挑戦の試金石とも言えるマンハッタンウィングツアーに暗雲が立ち込め始めていた。

「それにしても、あんまりおいしくないわね。コウイチ、なんで味くらい調べておかなかったのよ」

サクラちゃんは旦那のコウイチを攻め立てた。

「そんなのわからんて、どうやったらわかるねん。たまらーん」

記念すべき最初の地、ニューヨーク・マンハッタンのウィングツアーは受難の道のようだった。

マンハッタンウィングツアー三軒目。

地下鉄と徒歩で三〇分程度で着いた次の店では、メニューを見ると、「ニューヨーク市で一番おいしいと投票されたウィング」と書かれていたが、辛くて食えたものではなかった。

見た目でもぎょっとするほど辛そうなソースがたっぷり。赤というよりどす黒いソースがベッチョリで警戒感が高まった。

僕は、雑談を続けながらそのウィングを目の端でチラチラととらえながらも、なかなか手を出せないでいた。どす黒いソースは毒素さえ含んでいるように見える。サディスティックなタバスコ臭も食欲を遠のけていた。

サクラちゃんとコウイチが僕を見つめていた。「早く食べろ。そもそもお前の挑戦だろ」とでも言っているようだった。

二人の視線に耐えられなくなった僕は、ようやく意を決し、ひしっとウィングをつかんだ。顔をしかめながら口に近づけた。そのとき、危険なタバスコの強烈なにおいが鼻腔を爆撃のように襲った。

うっと言って、ウィングを皿に戻そうとした。

が、二人は僕をキッと睨んで「食えよ」と目で言っていた。仕方なく、僕は突撃隊の気分で食らいついた。

「か、辛い」

瞬殺。これは拷問だった。

バッファローウィングツアーに立ち込めた暗雲は、皿に残った悪意の塊のソースのようにどす黒かった。

サクラちゃんがコウイチを睨んで言った。

「それにしても、コウイチ、ここも来る前にしっかり調べときなさいよ」

「調べるって何を。味までわからんて。たまらーん」

コウイチは口癖の「たまらーん」を連発していた。懐かしい。

コウイチに会うたびに、僕はあの頃のにおいを思い出す。臆面もなく言ってしまうが、それは「自由」のにおいなのだ。

そう。僕とコウイチは一三年前の初夏のある日、まったく同じ日に、お互い初めてアメリカの地を踏んだのであった。

＊　＊　＊

一三年前、それは文字通り、スーツケース一つの渡米だった。

現金とかパスポートは留学斡旋所で教わった通り女性物のストッキングに巻いて腹にくくりつけていた。

スーツケースの中には簡易な衣類と一着しか持っていないスーツ上下に若干の日本食、それから英和辞典や「小林克也のアメリ缶」というふざけた名前の英語教材、それに写真やCD、そして母方のじいさんからもらった目覚まし時計と電池五年分、それだけだった。ちなみに電池五年分というのはじいさんが目覚まし時計と一緒にくれたものだ。

母方のじいさんは元国鉄の駅長で、田舎町では校長と駅長と市長さんが博識で偉い人だと崇められるのだが、そんなじいさんでも、というか、これからアメリカに渡ろうとしている僕でさえ、単三電池が世界規格でアメリカのスーパーで簡単に手に入ることを知らなかったくらい僕たち家族にとって海外は遠いところだった。

そんなスーツケース一つと現金だけの僕を乗せた飛行機は、無事アメリカ合衆国の首都、ワシントンＤＣの空港に到着した。

最初の落ち着き先である英語学校へ移動するバスが出発し空港の外に出ると、生のアメリカが目に飛び込んできた。どんどん建物が少なくなり、緑だけの田舎となっていった。

アメリカ——それは僕が長い間「救いの地」として祈るように望んでいた場所だった。

何しろ、だだっぴろかった。

ぶっきらぼうとも言えるハイウェイは、真っすぐにどこまでも伸びていた。

七月の初夏の太陽が照りつける大地は、神々しくさえあった。

どこまでも、どこまでも、この世界が続いているんじゃないか。

なんだかワクワクするものがたくさん転がっているような世界で、胸がはちきれそうにドキドキした。

そして感じた。

これからリアルな人生が始まる、ということを。

今までは家族がいてくれた。近所があった。学校があった。小さい頃からの友達がいた。普通に生きていれば困らないいろいろな仕組みや、何かあったら助けてくれる人たちに囲まれていた。それは僕を守ってくれるものではあったし、同時に僕をいろいろな形で抑制するものだった。それが、この瞬間、すべてすっとなくなったのだ。

まるでいきなり無重力空間に放り込まれたような感じさえした。

これからは、自分で生き抜いていかなくてはならない。

これからは生きていくための仲間を探し、自分で食べ物さえ確保し、そして邪魔する奴がいたら戦ってでも生き抜いていかなくてはならない。そんな生きる術は誰も教えてくれなかったが、不安になるどころか不思議と心が研ぎ澄まされ、これから始まるであろう本当の人生に胸がふくらんだ。

アメリカの最初の洗礼は、バスが突然とまった田舎のハイウェイにポツンとあらわれたマクドナルドだった。「おお、記念すべき最初の飯はマックか～」と感嘆している僕の横で、「おお、マクドかぁ」と変なアクセントで言った奴がいた。そいつは同じバスに乗っていて、バスの中でもサングラスをかけてリーゼントっぽい髪形をしていた。松田勇作のような雰囲気を持った男であった。

記念すべき最初のマクドナルド。

注文カウンターの向こうには、茶色いストレートの髪を肩口まで伸ばした青い眼をしたアメリカ人のお姉さんが笑顔で待っていた。

めちゃくちゃ可愛い。彼女の笑顔はこれから広がるであろう楽しい世界を予感させ、僕は世界中の人から祝福されている気がした。

ただし、そこで僕はアメリカの第一発目の洗礼を受けることになるのであった。

単純な英単語のはずの「ハンバーガー」が通じなかった。

僕が繰り返して言ってみても、茶髪お姉さんはにこにこしながら首をかしげている。

え？　もしかして、通じてない？

「ハンバーガー」

お姉さんはさらに首をかしげた。

もしかして、ハンバーガーも通じない？　ハンバーガーは英語でもハンバーガーだろ？　そうか、もしかして発音が悪いのかと思った僕は、いろいろなRの発音とイントネーションの組み合わせのハンバーガーにトライしてみた。

「ハンバーガR」「ハンバRガRR」「ハンッバァガア」「ハッ、ンバッア、ガー」

バージニアの田舎のマクドナルドだった。きっと英語が不自由な外国人と接したことのない彼女は、まったくもって僕のハンバーガーを理解してくれなかった。

残念だけどハンバーガーはあきらめ、フライドポテトを注文することにしたが、そのときはアメリカではフライドポテトがフレンチフライと呼ばれていることも知らなかった。僕の多様なバージョンの「フライドポテト」もむなしく響き渡るだけ。メニューを指さして頼もうと思って奥の壁の上にあるメニューを見上げたが、「メニューの上から三番目のやつ」という簡単な英語の言い回しも思いつかない。

途方にくれた僕の眼に、隣の列の人が何か受け取っているのが目に入った。サラダだった。それを指さしてみたら、「OH, SALAD!!」と、茶髪お姉さんはようやくわかったとばかりに喜び、感きわまった声で、そしてきれいな発音でサラダの注文を確認してくれた。

僕は、きっとそれでは足りないと思い、ピースサインをして「ツー」と言った。これはどうやら二つの意味とわかってくれたらしい。「OH, TWO!!」という興奮気味の大声がぷりんぷりんの笑顔から発せられた。彼女の笑顔がむなしかった。

記念すべきアメリカ初のご飯は味気ないサラダ二皿。これを並べて突つきながら、英語が本当に問題だったことに気がついた。

ふと向こうの席を見ると、さっきの松田勇作がサングラスをかけたまま一人でフンフン言いながら、もしゃもしゃとビックマックらしきものを食べていた。しかもほかにも違う色のハンバーガーの包みが二、三置いてあるようだ。なんと高度な注文をこなす奴なんだと感心した。

夜の九時くらいに、バスはようやく目的地の英語学校に着いた。そして判明したのは、なんと、松田勇作は英語学校が割り当てた僕のルームメート、つまりそれから六週間を一緒の部屋で暮らす男であった。せっかくなのでいくらか話しかけてみたが無愛想な奴だった。

次の朝、アメリカで最初の朝、時差ぼけというやつにもまったくならず、七時頃すっと目が覚めた。

僕は待ち切れずに外に出てみた。アメリカを早く見て触ってみたかった。

外は素晴らしい天気。季節は夏になりかけていた頃だが、宿舎を出ると、まだひんやりとした朝の空気がそこを支配していた。豊富な緑に朝露がかかっていた。

そして息を大きく吸うと、不思議な香りがした。

なぜか蜜のように甘く、それでいてはちきれんばかりの活力に満ちている香り。

——そうか、これが自由の香りなのか。

気配がしたので斜め後ろを見たら、松田勇作がいた。同じように息を吸い込んでいた。僕が見つけるとばつが悪そうな顔をしていた。それから腐れ縁となる、コウイチという名の男だった。

一三年前、二〇歳になったばかりの僕のアメリカ留学は、そんな朝から始まった。

その英語学校は、夏休みでがらんどうだったアメリカの女子大学を使って行われた。そこでは英語だけではなく、アメリカの大学生活を支障なく送るための実用的なことも教え込まれた。先生や学校の人たち、用務員のおじさんから図書館の司書の人からカフェテリアのおばちゃんまで皆善意に満ち、六週間後に僕たちが巣立つまでに少しでもアメリカという国に慣れるようにといろいろな支援をしてくれた。

何しろ驚きの毎日だった。例えば、白が基調のだだっぴろい幸せに満ちた食堂で、でっぷりと太った黒人のおばさんが笑顔で給仕してくれるアメリカのホットケーキ。そこには景気よくお玉二杯分くらいのシロップがかけられていた。

そういったすべてが、この国の自由と明るい未来の象徴のようだった。


ところでコウイチは、変わった奴だった。

初っ端から馴れ馴れしく話しかけていた僕に切れたのだろうか、到着してから三日目の夜、僕はコウイチに呼び出された。ようは、「俺は二度と日本の地を踏むことはないし、日本人とつるむつもりもない。お前とも、ここでは便宜上話をしなくてはならないこともあるだろうが、ここを出たら仲よくするつもりはないので、そのつもりでいろ」ということらしかった。こんな思いきったことを面と向かって言う奴がいるというのが衝撃だった。「遠くに来てしまったなぁ」と僕は思った。結局、ここを出てから一番多く手紙をよこしたのも、一番多く電話をかけてきたのも、三年後に僕と同じ大学に編入したのも、つまり親友というやつになったのもこのコウイチだったのだが。

アメリカに来ている日本人は、ひと癖もふた癖もある連中が多かった。そして皆総じて熱い。ちょうど僕がそうであったように、その抑えきれない量の熱を抱きながら、日本の社会で折り合いをつけて生きていくことに苦労してきたような熱くて不器用な連中が多かった。

当然、最大の懸念は英語だった。僕は初めて英語を懸命に勉強した。眠くなったら顔面を殴ってでも勉強した。何しろ英語ができないと死活問題だからだ。その六週間の英語学校が終わったら、無謀にも大学生活が始まる。そこで授業についていけなければ退学となり帰国だ。何しろとことん勉強した。

だが、毎日は希望に満ちて、皆溌剌としていた。がんばりさえすれば、英語なんてなんとかなると思っていた。いや、英語だけではない。この夢のような国では、望んで、そして強烈な努力さえいとわなければなんでもできるのではないか。この英語学校に来ているような情熱にあふれて実行力を持った仲間とだったら、世界さえも変えられるのではないか。本気でそう思った。なんて自由で、なんて素晴らしい国なんだ。すべてを無邪気に抱擁していた。太陽の国に来てしまったような気さえしていた。

ただその頃は、この温室のような英語学校にいたときは、まだ気がついていなかった。アメリカに留学するということが、日本人としてアメリカで生活していくということがどれほど過酷なことかということに。それから始まるアメリカにどれだけ自分が翻弄され、そしてそれをもとにして自分がどれほど変化していくか。そのときは、ただひたすらアメリカという新たな国を無邪気に満喫していた。

＊　＊　＊

マンハッタンウィングツアーの最後の一軒、四軒目に向かう僕たちの足取りは重かった。

そのウィング屋はマンハッタンに三店舗あるらしいが、一つはウォール街にあり、土曜日にあたる今日はやっていないというのがコウイチの下調べだった。ようやく最後の目的地にたどり着いた僕たちは愕然とした。

店は閉まっていた。

いや、休みというよりは、錆びた鉄格子のシャッターが下りていて壁にはギャングの落書きが満載だった。どうみても潰れて久しい。

サクラちゃんと僕は白い目でコウイチを見た。

清楚で可憐なサクラちゃんも「チッ」と舌打ちしていた。

「なんや、わざわざ昨日電話して聞いたら、開いてるってゆうてたんや！」

コウイチは逆上するとシャッターを蹴りつけて、携帯電話からもう一度店にかけた。結局開いていたのは、この店ではなく、残りの一つの店であることがわかった。

相当遠い。サクラちゃんは「もう疲れたから」と戦線離脱した。

僕とコウイチでこのウィングツアーにとどめをさすべく、足を引きずるようにしてその店に向かった。

二人で歩いているときにコウイチが聞いてきた。

「自分、このウィングの選手権って、例のあれか？」

「……そう、あれ」

「……そうか」コウイチは少し感慨深げに言った。「もう、一三年か。早いもんや」

「一三年もかかった」

「一三年で済んだらええほうや」

コウイチはぶっきらぼうな横顔に少しだけ笑みをのぞかせた。

ふらふらになりながらも地下鉄を乗り継ぎ、ようやくたどり着いたそのお店。

勢い勇んで入った店は古くて汚く異臭さえ漂っていた。そろそろ夕食時だというのにガラガラで、床も、そしてテーブルも少し傾いていた。

いやな予感がしたが、とりあえず五ピースで三ドル四五セントという破格の値段のウィングを注文した。

不衛生な店内。ガラガラの客の入り。そして格安の値段設定。

「早く食って帰ろう」そんな厭戦《えんせん》ムードさえ濃厚に漂うなか五分で出てきたウィングだったが——。

それは……やはりまずかった。

なんだか味がしない。コウイチも「印象に残らない味ですね」となぜか他人行儀に標準語でそう言うと、ナプキンで口を拭いていた。

「さ、帰ろうか」と僕は言い、二人で家路についた。

マンハッタンのウィングツアー。ウィングの最先端を追求しにわざわざバスに揺られてニューヨーク市まで来たのだが、残念ながらここニューヨーク市のウィング界は、極めてレベルが低かった。

コウイチの家にもう一泊させてもらうと、次の朝、僕はバスに揺られて妻の待つボストンの自宅へ戻った。

どう考えても、幸先の悪い出だしだった。

# 第3章 聖地バッファローへ

ボストンに戻ると、早速僕と妻は、全米ウィングツアーの第二のパート、「ウィング激戦区」へ向けて出発した。

走り出した車のなかで僕のマンハッタンウィングツアーの顚末を聞いた妻は、こう切り出した。

「あのさ、前から聞いてみたかったんだけど、ウィングって本当においしいものなの？」

「そりゃ超うまいさ」

「なんか、この料理がおいしく食べれること自体あんまり信じられないんだけど」

ボストンで何度か一緒にバッファローウィングを食べたとき妻は「あまりおいしくない」と言っていた。確かに本場のウィングに比べたらまずかった。

「何回か食べたけど、あの料理って救いがないって感じなのよね」

「す、救いがないって」

「うーん、ってゆうか、アナタには前科があるからね」

まだ妻とは結婚する前のことだ。一度僕の実家に戻ったとき、近くの駄菓子屋で食べられる二三〇円の冷やし蕎麦に懐かしげに連れていった。高校生のとき目が飛び出るくらいうまいと思っていた蕎麦を「ほんと、おいしいから」と鼻高々に。ところが十数年前は絶世の御馳走だったはずのそれは、グニャグニャで全然おいしくなかった。そのことを言っているのだ。

「思い出は美化されるものよ。バッファローウィング食べてた頃って、毎日アメリカの大学のカフェテリアであまりおいしくないご飯を食べていたんでしょ」

「それはそうだけど……ただ、これから行く激戦区のウィングは間違いないって」

「そうかな～。もう昔とは舌の感覚も違うわよ。当時は最高だったかもしれないけど、もうおいしいと思わないかもよ」

「大丈夫だって。本場のウィングはすっごいうまいって。涙出るよ、あれは」

「本当かなぁ……」

「大丈夫だって」

とはいえ、実は僕も少し不安だった。

食の最先端のマンハッタンで評判のはずのウィングが全然おいしくなかった。

もしかしたら、ウィングがおいしいものというのは、僕の記憶の産物なのだろうか。そんなはずはないと思うのだが……。

ウィング激戦区は、僕たちの住むボストンからは西へ約六〇〇キロメートルのところにある、聖地アンカーバーを中心とした半径二〇〇キロくらいのエリアをさし、有名店が群雄割拠《ぐんゆうかっきょ》している場所だ。六〇〇キロといえば車で七時間程度。東京――神戸間より少し遠いくらいだろうか。高速料金も無料でガソリン代も日本の四分の一程度のアメリカにおいては、感覚的にも経済的にもそれほど遠い場所ではない。

運転し始めて二時間も経たないうちに、アウトレットがあったので昼食がてら寄った。ファストフード店でバッファローウィングを売っている店があった。

僕たちは顔を見合わせて叫んだ。

「記念すべきツアー最初のご飯は、やっぱりウィングでしょ！」

早速ウィングを食べることにしたのだが……。

長いポニーテールのまんまるい顔をした田舎青年が作ってくれたウィングは、中が凍っていた。

驚き呆れる妻をテーブルに残し、僕はカウンターに戻った。

純粋そうな青年は、「ああ、悪かったね。すぐに作り直すよ」と愛想よく返してきた。日本であれば平身低頭「申し訳ございません！」となるのだろうが、アメリカの店員はたまたまそこに居合わせた少しだけそのお店のことを知っている親切な人のようにふるまうのが基本なので、このときも「まったく、まいっちゃうね、まだ凍ってたなんて」と笑みを浮かべこの事態を楽しんでいるようでさえあった。ロッキー山脈のようにおおらかだ。

そして、次の瞬間、僕は目ん玉をひんむいた。

なんと彼は、僕が持っていった容器の中のウィングをそのまま油の中にドバッと入れたのだ。僕が皿に戻した僕の歯形のついた食べかけのまで一緒にだ。すでにソースもついていたウィングは、激しくジュッという音を立てて周りに油を振りまいた。

さすがにもう一人の先輩らしき男性店員がやってきて「いや、作り直そう」と新しい冷凍ウィングを取り出して油に入れた。本当にアメリカ人は恐ろしい。こちらの常識をはるかに超えている。二人であーだこーだ言いながら、三〇秒に一回くらい油から引き揚げてトングで突ついて、また油に戻したりして作り直したウィング。

今度は揚げすぎだった。

ぱさぱさで硬かった。

「あのさ、ウィングって本当においしいものなの？」

妻は完全にしらけていた。


僕と妻は、ぱさぱさウィングで撃沈した後、さらに三時間ほど西へ運転したところの中規模都市で、安いモーテルを見つけチェックインすると夕食を食べに出た。夕食は、全米最大規模と言われるバッファローウィングチェーン、全米で三〇〇店舗以上展開している最大手のバッファローウィング屋だ。いい加減にまともなウィングを食べたかったので、チェーンとは少し安易だがここで食べることにしたのだが……。

一時間後、レストランを後にして車に戻った僕たちは、無言のままだだっぴろい駐車場の先の闇を見つめていた。雨が少し降り始めていた。車にポタポタと雨が当たる音が聞こえていた。

「……おいしくなかったね」妻がポツリと言った。「なんか、異様に辛いだけだったね」

「ああ、辛かったな」僕は言葉少なめに相槌を打った。

妻は横を向いていた。完全にウィングは飽き飽きといった感じだった。

「そうだ！」僕は言った。

「何よ」

「道順でいくと最後に行くつもりだったけど、ＱＬＳに最初に行こう。明日の朝、一番最初に」

「ＱＬＳ？　そこってもしかして」

「そう、大学のときに通っていた店――ウィングの出発点。まず手っ取り早くそこに行って食べてみようぜ。そうすりゃはっきりわかるだろ。ウィングって食べ物が本当にうまいかどうか」

と言いつつも、さすがの僕も真剣にあせり始めた。

――もしかして、とんでもないことに夏休みをかけようとしている？

いやいや。不安はすべてＱＬＳに任せることにして、明日に備えて早く寝ることにした。

次の朝、僕たちは一路ウィングの名店ＱＬＳに向かった。

ボストンを西に行くとニューヨーク州に入り、そしてそのままペンシルバニア州に突入する。僕たちはボストンからずっと走ってきたアメリカを横断する九〇号線をおりると、七九号というピッツバーグ方面に南下していく道に乗り換えた。途中にシャロンという町があり、幻のＱＬＳはそこにある。僕の大学は田舎で大した余興もない街だったが、唯一周辺住人が「全国レベル」をうたって自慢していたのがこのＱＬＳだった。当時から絶大な人気を誇っていた。

そのＱＬＳにちょうどお昼時に僕たちは到着した。

懐かしかった。最後に来てから一〇年も経っていた。

店内は相変わらず「アメリカのアウトロー」感たっぷりの「スピード狂博物館」というべき内装で、ＮＡＳＣＡＲの車、車やオートバイ、ガソリンスタンドの部品やがらくたが所狭しとフロアに置かれたり天井から吊られていた。ウィングは、改造車やオートバイ、それから金髪のお姉さんとか、まさにアメリカのアウトローな感じがぴったりくる。この店もそんな雰囲気を最大限に盛り上げている。

僕たちはそのアメリカンな店内にワクワクしながら、「ウィング・バー」と呼ばれるウィングが所狭しと並んでいるバイキング形式のウィング置き場から、いくつかの種類のウィングをテーブルに持ち帰った。どれも湯気が立つほど熱々のようだった。

妻と僕は見つめ合った。

パンドラの箱を開けようとしている瞬間だった。

今まで一〇年近くも封印してきたＱＬＳの味は、はたして貧乏学生時代でろくなものを食べていなかったときの僕の思い出を美化していただけなのか。それとも、そのときから本当においしい代物だったのか。

もしかして、うまいバッファローウィングなんて僕の幻想なのだろうか。美しい過去はそのまましまっておいた方がいいのだろうか。

僕はタイムカプセルを開けるような気分で、えいやっとウィングに食らいついた。

ガブリとかぶりつくと僕は無言で食べた。目の前で妻も無言で食べていた。

僕は急いで二つ目に手を伸ばした。妻もはやばやと二つ目に手を伸ばした。三つ目に手を伸ばしかけたとき、僕たちは目を合わせ、そして短く叫んだ。

「うまい！」「おいしい！」

伝説はそのままだった。

妻が言った。「バッファローウィングが、こんなにおいしいものだなんて。悪いけど信じてなかった」

少し小ぶりの手羽をカリカリに揚げてソースの絶妙な味がしっかりなじんでいる。やはり、本場のバッファローウィングは掛け値なしでおいしい食べ物だったのだ。

そして、うまいウィングに出合ったとたんに、国際料理のエキスパートの妻の力が覚醒された。QLSの看板メニューの何種類かのウィングを咀嚼して、すべての味の調味料を言い当て始めたのである。

「これは、タバスコ、お酢、ガーリックがほんの少し。多分甘みは玉ねぎ。さらに……そう、この独特の風味はカイエン・ペッパーかな、きっと」

僕は急いでメモを取り出すとすべてを記録し始めた。

「すべては記録することです」昔仕事でお世話になった発明家のエンジニアの方の言葉が頭によみがえった。

しかし、本当にうまい。そして、懐かしくなった。

この懐かしの味が僕の脳のどこかを刺激した。

この近くにあるアメリカ最初の大学に通っていた頃の、酸っぱくて苦くて、だけど愛おしいさまざまな想いが僕の胸にあふれ出してきた。そして、あの曲、レベッカの「ワン・モア・キス」が頭のどこかで響き始めた。


大満足で食べ終わると、僕たちは僕のホストファミリー、ボブの家に向かった。今夜はボブの家に泊めてもらうことにしていたのだ。

ただ、猛烈に昔が懐かしくなった僕は、ボブの家に行く前に僕が通っていた大学に寄ってみることにした。

車を一五分も走らせると、小さなダウンタウンの目抜き通りの入り口にある古い中華料理屋が目に入った。そして通りを少し進んで左折すると、懐かしい大学へと続く道に入っていった。車が入れない正門をやりすごし、横門からキャンパスに入り込み、キャンパスの中心部にある駐車場に車を停めた。

大学も夏休みなのであろう。車も数台停めてあるだけで人気がなかった。

懐かしかった。あの頃とまったく変わっていない。いろいろな感情や思い出が吹き出てきた。

そういえば……僕は思い出した。

そういえば、初めてこの大学に着いたときも、この駐車場で車から降ろされ、この場所にスーツケース一つで立ちつくしたのであった。

＊　＊　＊

一三年前、コウイチたちと出会った英語学校を後にして、僕は、ペンシルバニア州の大学に到着していた。

まだ右も左もわからないキャンパスに、スーツケース一つでポツンとたたずんだ僕は、なんとも不安な気持ちになった。どんよりと曇った空のキャンパスに人はまばらで、なんだかうすら寂しい気分になった。

渡米の日から感じた勇ましく希望にあふれた気持ちは、すっとどこかに行ってしまったようだ。アメリカに到着してからの六週間はとても充実して楽しい日が続いていたのだけれど、何やらそれが、これから大きく変わるような予感がした。

キャンパスにある学生寮の入り口には、だぶついたTシャツとスエットのような短パンを履いた男がいた。

まだ若いのに髭が濃く、そしてお腹が出ていた。学生の一人で、寮長のパットという三年生になる男だった。なんだか巨大なアヒルに似ていた。

彼はこちらがまったく理解していないのもおかまいなしに早口の英語で何かまくしたて、最後は自分の彼女と思しき女性の写真まで見せてくれ、そして、あーだこーだ言いながら、僕を部屋まで届けてくれた。いい奴っぽくて少し安心した。

僕はそれほどない荷物を整理すると、トイレに行くついでに入り口のところにいる巨大アヒル・パットのところへ再び行ってみた。

巨大アヒル・パットは、アメリカ人と思しき二人の男子学生と何やら熱心に話をしていた。「よう」と僕が行くと、「ああ」と笑顔を投げかけるものの、すぐに二人との話に戻っていった。僕に構わず三人で何やら楽しげに話し込んでいる。何を話しているかは早口でわからないし、こちらを会話に入れようという気もないらしい。なんとなく間の悪い思いをした僕は、その場をやりすごした。

その日初めてこの大学のカフェテリアで夕飯を食べることになった。

英語学校のカフェテリアは、白が基調で大きな窓から光を取り込む明るいつくりで、なんとも「南部のアメリカの明るい食堂」だったが、この大学のカフェテリアは地下にあり、しかもなんだか古くて照明も暗い気がした。入っただけでげんなりした。授業が始まるまで数日あり、まだぽつぽつとしか人はいなく、皆もくもくと飯を食っている。カウンター越しに料理をもらうと好きなところで食べる仕組みなのだが、知らない人がもくもくと飯を食べているテーブルに座るのも唐突感があり、少し迷った挙げ句、誰もいないテーブルに座ることにした。初めて一人で食べるアメリカの飯は侘しく、そして寂しいものだった。

早々に食べ終わると部屋に戻り、英語の勉強をして早めに寝た。

次の日、僕の部屋にルームメートとなるトムという男が到着した。

勉強机二つとベッド二つだけが雑然と置かれている狭くて寂しい部屋が、ぱっと明るくなった気がした。

寮への居住申請を出すとき、ルームメートの希望を聞かれる。すでにルームメート候補がいる人はその名前も書き込むが、僕は誰も知らないため「特に決まった候補はいないがルームメートを希望」というところに印をしておいた。ルームメートがいれば部屋代も安くなるし、英語の上達にもつながると思ったからだ。大学側があてがってくれたのが今年二年生になるというトムだった。トムはアヒル寮長のパットより背がだいぶ高かったが、パットと同じようにだらしのない腹をしていた。

トムはとても人懐っこく話し好きで、ずっと一人で話を続けながら荷解きをしていた。

少し驚いたのは、金属でできている忍者や怪獣の小さなフィギュアを幾つも机に並べ出したことだ。

「どうだ、格好いいだろ?」トムは笑顔でそう言ったが、僕はいささか面食らっていた。

驚きの事件はその日のうちに起こった。

その夕方、シャワーを浴びてくると言って出ていったトムが、シャワールームのビニールのカーテンを体に巻きつけて、ずぶ濡れで部屋に飛び込んできたのだった。

トムは悔しそうに、「ちくしょう、やられた」と嘆いている。

「なんだ、どうした？」

「また奴らにやられた」とわめいているようだった。

僕は合点がいった。どうやらトムは、いじめられっ子だったのだ。だから二年生になるのにルームメートになるような気の合った友達もできず、日本からきた留学生の僕をルームメートとしてあてがわれたのだ。

向かいの部屋は大男と小さい男の二人組だった。その日に到着したようだったので挨拶がてら彼らの部屋を訪れてみた。「日本から来たんだ」と自己紹介して雑談でもしようと思っても、なかなか言いたいことが英語で言えない。英語学校にいたアメリカ人たちのように、ゆっくりとこちらの言いたいことを待っていてくれるわけでもない。彼らは礼儀正しく異国人の僕を扱ってくれたが、どう見ても困惑して、そして少し持て余しているようだった。僕はトボトボと部屋に戻り、そしてようやく現実に気がついた。

意気揚々とアメリカまで来た。

胸もはちきれんばかりの期待とともに、自分で稼いだ金を握りしめてアメリカまで来た。

ただ、僕にとって特別なアメリカは、僕を特別なものとしては見ていなかった。

少し考えればわかりそうなものだが、それまで気づかなかった。僕が、アメリカには掃いて捨てるほどいる留学生の一人で、しかも英語もろくに喋れない、落ちこぼれ外国人だということに。

ここにいるアメリカ人も基本的に皆いい奴だから、時間があるときは相手にしてくれるけど、ほかのアメリカ人と和気あいあいと楽しくやっているときは、僕にかまっている暇なんかない。ルームメートが欲しいといえば、そいつがいじめられっ子かどうかなどは気にせず順番にあてがわれていく。

当たり前だけれど、僕にとってはアメリカ留学は人生の一大事だけれど、アメリカにとって僕は、日常に紛れ込んだ一人のどうでもいい人間だったのだ。

やがて大学の授業が始まった。

英語がおぼつかない僕は、正しい教室にいるのかさえも周りの学生に聞かないとわからない。指定された教科書を生協で一通り買いそろえるのも難儀した。アメリカの大学は厳しい。しっかりと勉強しないと落第させられる。宿題もいっぱい出る。僕は極限状態まで勉強した。勉強というより翻訳が多かった。一ページに二〇個も三〇個もわからない単語のある教科書を辞書を片手に読み解いていく。いくつもの意味を持っている単語もあり、特に政治学のようにそもそも意味不明の単語が縦横無尽に踊る教科書は難解を極めた。教授が喋る英語は余計難解であり、ここを読んでこいというところを読まないで授業に行くと、土星人の言葉を聞いているように意味がわからない。各教科の授業ごとに数十ページの予習を言い渡される。一ページを読むのに二〇分から三〇分かかる僕は、飯を食っているとき以外はずっと教科書を翻訳していた。当然寝る暇なんてない。五日間くらい連続して徹夜なんて当たり前。やらなきゃ帰国という極限状態。そして日本を発つ日に家族と交した無謀な約束があったから、僕は何しろ必死でついていった。

なかなか気のおけない友達ができないこと、英語という大きな壁と大学レベルの勉強をしなくてはならないという環境、そして日本人だからなのか英語が喋れないからなのか、なんだか下に見られているのではという漠然とした感覚。そういったものだけでも十分大変だったが、僕はもう一つ悩みを抱えていた。

それは、ほかの日本人との距離感だった。これはアメリカに留学する日本人が多かれ少なかれ一度は悩む問題ではないかと思う。

この学校にも一学年に数名の日本人がいた。キャンパスに到着したとき挨拶をして軽く会話も交わしたが、僕は彼らと仲よくなることを避けていた。彼らはとてもいい人たちだった。そして異国の地で出会った同胞なわけだから、ものすごい吸引力でお互い引きつけ合う。彼らと仲よくなり行動をともにすれば、一人でカフェテリアで寂しく飯を食べることも、友達がいないという寂しさからも解放され、心の平穏を勝ち取れるだろうということは直感的にわかっていた。僕は日本と決別しようとしてアメリカに来たわけではない。現に、コウイチはじめ語学学校の連中とはとても仲よくなり、手紙を書いて、たまに電話をかけて励まし合っている。ただ、なぜか、この同じキャンパスにいる日本人の皆と深い関係になっていくのを恐れていた。

理由はなんとなくわかっていた。

僕は不器用なうえに人づきあいが下手だ。たくさんの人間とそれぞれの距離感をうまく保ってつきあうという器用なことはできない。運動部の友達のように、ずっと一緒にいるほどとても仲よくなるしかつきあい方を知らない。ここにいる日本人とも一度仲よくなれば相当突っ込んだ仲になるだろう。そうしたら、なんだかそれ以上アメリカという社会に入っていけないと漠然と感じていたのだ。

僕は手紙をたくさん書いた。家族や語学学校にいた連中だけではなく、昔通っていた空手道場の先生や先輩、高校の友達、従兄弟や親戚。メールなんて普及していない時代だから航空便の手紙だ。届くまで一週間ぐらいかかる。

異国の地にいる僕を励まそうと必ず皆返事をくれた。

学校の郵便局に自分のメールボックスが割り当てられている。

基本的には郵便が届き振り分けられるのは午後の一度だけだとわかっているが、日に何度もメールボックスをのぞいた。異国の地で一人で戦っていた僕には、手紙だけが僕の心をあたためてくれるものだった。


そんなある日、僕はルームメートのトムと衝突した。

僕は毎日睡眠時間が本当に短く、一時間か二時間眠ればいい方だった。徹夜なんて珍しくない。夜の一一時くらいまで部屋で勉強し、トムの就寝時間に合わせて寮のラウンジに移動して勉強を続ける。そこでそれこそ朝の四時とか五時まで勉強して部屋に戻り、トムを起こさないようにベッドに忍び込む。本来であれば授業に間に合うぎりぎりの時間まで寝ていたいが、トムの目覚ましが毎朝必ず六時に鳴り出し僕は起こされてしまう。

トムの目覚ましは強烈だった。アメリカの大学生の間で普及しているラジオ型の茶色く四角い目覚ましだ。

毎朝六時になると、ラジオがけたたましく大音量で鳴り出し、パーソナリティーの渋い声のおじさんの声で起こされる。

トムはなかなか起きず、上半身を起こすまでに五分はかかる。そして、そのまま二分、冬眠していた動物が覚醒を待つようにじっとする。そこからようやくベッドを抜け出し、足の方に置いてある目覚まし時計までたどり着き、ゆったりとそのラジオを止める。

音量を小さくするか、早めに目覚ましを止めるかのどちらかにしてほしかった。

ただ、こちらも夜遅くまで勉強していて迷惑をかけているだろうし、毎日顔を突き合わせている人間に生活習慣のことで注文をつけるのはなかなか勇気がいる。

僕は我慢した。言えずに我慢した。ただ、三週間もそれが続くと限界になった。

ある朝、不機嫌に言ってしまった。

「トム、それうるさい」

トムは、え？　という顔をしていた。

「トム、それうるさい。寝れない」

結構キレ気味だった僕に、トムは当惑しきっていた。彼も狭い二人部屋で快適に過ごすためにいろいろ気を使っていただろうし、ルームメートの日本人もにこやかに過ごしていたから、この部屋になんの問題も存在しないと思っていたはずだ。それが、ある朝、普段からおとなしいはずのルームメートが突然キレたのだ。

理由はラジオの目覚ましがうるさいということ。

そんなことは一言言ってくれれば、音を調整するなり、早めに切るなりいくらでも対処ができたはずだ。そして二人の快適空間を保てたはずだ。なのに、この日本人はなんの予兆もなく突然怒り出したようだ。

「言ってくれれば小さくしたのに」

トムは、そういうことは話せば解決できるというコミュニケーションの問題であるとアメリカ的に応えてきた。僕は、そうではなくて、思いやりの問題だという日本的な見地からぶつかっていった。

「言わなきゃわかんない、ってのがおかしいと思う。なんで一緒に暮らしている相手に気を使えないんだ?」

人間性を批判されているのではと悟ったトムは、激しく言い返してきた。

「だって、このラジオを聴くのは僕の日課だもん」

人に迷惑をかける日課を言い張るとはどういう了見だと、僕の怒りに油をそそいだ。

「そうじゃなくて、ルームメートのことを考えろよ」

「君だって夜遅く帰ってくるじゃないか」さすがアメリカ人、口論になれば一歩も引かない。

「だから、こっちは静かにしようとしているじゃないか」

トムは、戸惑いながらも自分の主張を始めた。そして僕の怒りが尋常ではなく一歩も引く気がないと悟ったとき、不毛な言い争いに終止符を打つように、トムはその目覚まし時計を床に叩きつけ部屋を飛び出していった。

そのむかつく茶色い物体は粉々になって無残に床に散らばった。

夕方、僕が授業から帰ってくると、その残骸はきれいに片づけられていた。

そして三日後、トムは新しい時計を買ってきた。相変わらずのラジオ付きだったが、トムはボリュームをかなり絞ってくれた。

僕たちはまた少しずつ話をするようになった。


トムの目覚まし時計事件から数週間後の夕方、僕は気張らしにグリーンビルのダウンタウンに行ってみた。ダウンタウンといっても銀行が一つ、中華料理屋が一つ、それから雑貨屋や電気屋、洋服屋やスーパーが並んでいる小さな街だ。

ウィンドウショッピングをしながらゆっくりと夕暮れの街を歩いていた。

こちらに来て、特に大学のキャンパスを出て街を歩いていると、なんだか馬鹿にされていると感じることが多々あった。平たく言うと「偏見」であり「人種差別」なのかと思った。白い不気味な頭巾をかぶった騎士団に引きずり回されて、張り付けにされて殴り殺されるといったわかりやすいものではないが、それは確実に、根深く、そして執拗に存在していた。

ドラッグストアのレジの白人の太ったおばさん、バス運行所の切符売りの黒人のおばさん、ハンバーガー屋の店員の白人の若者。馬鹿にされたというより、そもそもそこにいない、空気のように無視をされ、話しかけると相当面倒くさそうに対応される。

それらも相まって、ここはとてもうら寂しい町に感じた。

知り合いもいない異国の町。

積み上がる宿題や予習の山。

退学になるかもしれないという不安。

なかなかできない気の合う友達。

ほかの日本人との距離感。

いろいろなものが重くのしかかってきて、その町の風景を灰色にしていた。


そのとき、なんだか懐かしい音が聞こえてきた。人々が同じタイミングで短い声を吐き出している。まるで武道の気合のようではないか。吸い寄せられるように近くに行った僕は驚いた。看板も出ていなかったが、なんとそれは、街の空手道場だった。

ボブという男が教えていた道場は、日本の道場とは少し勝手が違ったけれど、一生懸命練習をやっていた。皆が思い思いの色の道着を着ているのには驚いたが。

僕はすぐに、母ちゃんに船便で道着を送ってもらい、ここに「コーチ」として通うことにした。

ボブの道場に来ている人たちは、その街の住人たちだった。ビジネスマンや工員や職人、お店を経営している人、そして中高生や子供たち、いろいろな人がいた。

アメリカ社会の中でぶいぶいやっていく強い個性も、高い知性や性格的なきらめきも持っていない僕が唯一持っていた空手の黒帯というものは、それから僕を何度も助けてくれることとなった。

ボブは早速僕を家に招いてくれると、庭に置いてあるグリルで特性のハンバーガーを焼いてくれ、空手道場の人たちを招いて僕の歓迎パーティーを開いてくれた。

それは豚の餌カフェテリアではお目にかかれない、一〇〇%牛肉の超肉厚のめちゃくちゃうまいハンバーガーだった。

ボブの空手道場では僕は掃いて捨てるほどいる単なる留学生ではなく、日本から来た空手の黒帯だった。子供は全員僕を真似てカラフルでアメリカンな道着を捨て、白い道着に買い直した。

彼らは僕を大歓迎してくれた。家に招いてくれたり、馬に乗せてくれたり、買い物に連れていってくれたりした。まるで日本という遠い国から迷い込んだ英語もろくに話せない異星人を、地域全員で面倒見ているような感じで優しくしてくれた。


ボブたちに出会い、少し生活に張りが出始めた頃、一一月の感謝祭の短い休みがやってきた。寮も閉まってしまうため、僕は懐かしの英語学校の連中と、アメリカの首都ワシントンDCで集まることにした。一番安い長距離の交通手段であるグレイハウンドという長距離バスに七時間くらい揺られて、ワシントンDCへ向かうことになった。

ホストファミリーのボブが、その長距離バスの運行所まで車で乗せていってくれた。

ボブは少し心配そうだった。僕の英語はまだまだだ。

「本当に大丈夫か？　一緒にチケット買うところまで行こうか？」と言うボブを、ここまで送ってもらっただけで申し訳ないので、ありがとうと言って帰ってもらった。

本当言うとものすごく不安だった。何しろ今までは、英語学校、大学、ボブの道場とボブや道場の人たちの家という、温室に近い安全な環境で生きてきたのであるが、今回のグレイハウンドを使っての小旅行は、初めて一人で外界に狩りにいく狩猟民族の少年のような冒険だった。

不安は最初から形となった。

チケットカウンターの黒人のでっぷりと太ったおばちゃんは、僕をジロッと睨んだ。

うっと、戸惑う僕に、

「WHAT DO YOU WANT?」

とたたみかけるように聞いてきた。この世のすべてを苦々しく思っているような口調だ。このWHAT DO YOU WANT? は直訳すると、何が欲しいですか、だけど、このような切り口上で発せられたWHAT DO YOU WANT? は、「オマエ、何か用か!?」という、強い詰問になるのだ。

「ワシントンＤＣ」と言ってみたが、どうやら通じない。僕の英語が下手だったのは当然だが、このおばちゃんには、下手な英語を聞いてやろうという心意気はまったくなかった。

オマエの英語はわかんないよ、バーカ、とばかりに「WHAT DO YOU WANT?」を繰り返す。しまいには「わかりませんねん」とばかりに、大げさに肩をすくめうすらうすら笑いさえ浮かべている。

馬鹿にされて頭にきた僕は、覚えたてのフレーズを言ってみた。

「YOU ARE RACIST（あんたは人種差別主義者だ）」

なぜか、この発音は通じたらしく、黒人のおばちゃんは、これ以上できないというくらい怪訝な顔をして「WHAT?」と言った。

僕は繰り返した。「YOU ARE RACIST」

黒人の人々は歴史的に人種差別の被害者側であり、多分初めて加害者扱いされたおばちゃんは興奮し、大声で騒ぎ始めた。だいたい人種差別でもなんでもなく、英語がわかりにくいアジア系のガキが面倒くさかっただけであろうから。

騒ぎを聞きつけた白人ののっぽの係のおじさんが、間に入った。

「SHE IS RACIST（この女性に差別された）」と僕は白人のオヤジに言うと、わめきちらすおばちゃんに代わり僕の下手な英語を噛み砕くように聞いてくれ、ＤＣ行きのチケットを発行してくれた。チケット一枚買うのに大騒ぎだった。正しいバスに乗れるかも心配で、下手な英語で周りの人に聞いて回った。決して親切な人ばかりではなかった。なんだかえらく疲れた。

バスに乗り込むと、やけにきたない服を着た人がたくさん乗っていた。後になって知ったが、安価な移動手段である長距離バスは、所得の低い人に愛用されているそうだ。

ようやく座席に落ち着き、これに乗っていればなんとか目的地に着くだろうと確信した僕は、久しぶりにＣＤを聴くことにした。

そういえば、音楽なんて聴いている暇はなかった。

日本でよく聴いていた曲を何曲か聴きながら、窓の外に流れるだだっぴろいアメリカの田舎の景色をなんとはなしに眺めていた。

渡米してからの怒涛の日々がよみがえってきた。

息をつく間もなかった。

アメリカに到着してから、マクドナルドでハンバーガーが注文できないくらいの英語力からいきなり大学の授業だ。いったい何時間辞書を引き続けたのか。土日もほとんど教科書と辞書を睨み続けていた。何時間走ってもアメリカの大自然の田舎は続く。本当に広い国だった。

僕は、日本にいる家族や友達を思い出していた。

しばらくすると、CDからは、レベッカの「ワン・モア・キス」が流れ出した。

その美しい音色は、僕の心にすっと静かに入ってきた。幻想的な雰囲気の中に柔らかく響くボーカルのきれいな声。

ここ何カ月か慣れない環境ながら全身全霊で前進するなか、負けてなるものか、壊れてなるものかと、緊張を解かずに凝固していた心。

その美しい声はカチンカチンに固まっていた僕の心を撫で、それを解きほぐし、そしてするっと中へ入っていった。

眼が熱くなり、頬に一筋、何か熱いものが伝わった。あまり流したことのない涙が頬を伝わったのだった。そして、あっと思ったとき、とめどもなく涙があふれてきた。

そのとき僕は、自分が無性に寂しかったんだと思い当たった。

ボブがいる。ボブの家族や道場のみんながいる。親身になって教えてくれる教授がいる。友達もちらほらでき始めた。トムだっている。周りにいくらでもアメリカ人はいる。ただ、なんだか猛烈に寂しいという気持ちに変わりはなかった。

当時僕はグチャグチャだった。雨降って地固まるじゃないが、ものすごい大雨にものすごくグチャグチャになっていた。地面はなかなか固まらず、そこからさらに大きな嵐が来るのであったが、そのときは知る由もなかった。ボブとその街の空手道場の人々は、そんな僕を本当に温かく育んでくれたのであった。

＊　＊　＊

僕は、妻を乗せた車で懐かしいボブの家に乗りつけた。

ボブの家族全員がそろって迎えてくれた。

最後に会ってから一〇年近い日々が過ぎていたが、ボブたちは相変わらずだった。

僕たちはグリップのきいた握手とギュッと強い抱擁で熱を交換し、無沙汰だった長い年月を埋め始めた。

夕食にボブがお得意のハンバーガーを作ってくれた。僕の大好物。肉厚で肉汁がしたたる本格バーガー。

ボブ特性のミートパテを、だだっぴろい庭にある大きなグリルで焼いて思い思いの野菜を挟んでがっつりと食べる。単に「おいしい」なんてなまやさしいものではない。幸福の湖に放り込まれるような究極の食べ物なのである。

僕は、今日こそ、このハンバーガーの作り方をボブに習おうと思った。

この特性のハンバーガーに、ウィングづくりに役立つ秘密が隠されているような気がしたのだった。

メモを片手にキッチンに行き、料理を始めようとしているボブの隣に陣取った。

「ボブ、ハンバーガーの作り方、全部教えてくれ」

「ＯＫ」ボブは人懐こい笑顔で快諾してくれたが、僕の手元を見て「それはなんだ？」と聞いてきた。

「メモだ」と僕は答えた。

不思議そうな顔を数秒した後「そんなに難しいもんじゃないけどな……」と言うと、「これが牛のひき肉だ」と言い、大きなボールに三キロくらいあるだろうか、大量のひき肉の塊をぶち込んだ。

「そして、卵」

卵を数個割って入れた。

あとパン粉を入れると、こね出した。

ここまでは予想していたことだ。どうやら特性の味はその調味料にあるらしい。

「そして……」ボブが調味料を入れてある頭上の棚を開いた。

戸棚には、これでもかというくらい沢山の調味料が入っていた。

僕は固唾をのんでメモを構えた。

「まずは、塩、そしてコショウ」

どうやら普通の塩とコショウのようだ。

そして、ついに隠し味を入れると思いきや、ボブはそのままパテを手でこね出した。なるほど、先にこねるのか。調味料を入れるタイミングも大事なのか。僕はメモに走り書きした。ボブはしっかりとこねていた。

小兵だが、ボブは大学一年のときにレスリングの州大会で優勝しているほどの兵《つわもの》だ。そのパワーでこねられたら牛肉もたまったものではないだろう。五分ぐらいこねたであろうか、かなりの粘りが出てきたようだ。

そこでボブは満面の笑みで言った。

「さぁできた。あとは焼くだけだ」

「え？」

「丸い形にするの、一緒に手伝ってくれるか？」

「え？　これで終わりなの？」

「ああ、十分こねたから大丈夫だよ」

「いや、こねるって、おいおいボブ、隠さないでくれよ。本当は何か秘密のスパイスを入れるんだろ？」

「は？」

「こんなに簡単な作り方なわけがないだろ？　勘弁してよ。何か入れ忘れてない？」

「いや、塩もコショウも入れたから、これでいいんだよ」

「いや、あの味は、こんなもんじゃないだろ、何か入れるんだろ？」

ボブはいぶかしげに僕を見つめると、「いや、これで大丈夫だ」と言った。

「そんなはずは……」

ボブが作ったバーガーは、あの頃と変わりのない絶品だった。

妻も大喜びだった。

確かにうまかった。めちゃくちゃうまかった。

戸惑う僕にボブが笑って言った。

「ハーバードで勉強しすぎたんじゃないか？　オマエが大好きだったハンバーガーはそんなに複雑なものじゃないよ」

ボブは三〇人くらいの工場を経営しており大成功しているのだが、ボブの工場は「家族との時間を大事にする」ため、夏は朝五時から働いて昼の二時に閉めるなど、従業員とその家族の生活を最優先している。難しい経済書を読んでそうしたわけでもない。単にそうしたかっただけだそうだ。形にとらわれずに常に大事なことを見つけ出し行動に移し、常に自分を、周りを幸せにしているボブ。そんなボブのお得意バーガーは単純明快で、余計なものが何も入っていないようだった。

なんだか頭の後ろが少し痺れ、何か大事なことを思い出しそうになってきた。

ボブの家を後にすると僕たちは、周辺のウィング屋をいくつか回った。

数日後、五大湖の一つエリー湖のほとりの街で、僕たちは奇跡の夜と出合った。

その夜、遠い夜空から五臓六腑をわしづかみにするような重低音が響き始めたと思うと、爆音をまき散らす塊のようなものが少しずつ近づいてきた。鼓膜がいかれてしまうかと思う頃、警察官の乗るハーレーに先導されて、オレンジ色のベストを着た爺様が大きなハーレーにまたがって手を振りながら目抜き通りに滑り込んできた。そして、その爺様を追いかけ、数千台のオートバイが二列になって騒音をまき散らしながら通過していく。

夜の闇を切り裂く爆音は、映画「イージー・ライダー」で主人公をやったピーター・フォンダが先頭を切って、五〇〇〇台のオートバイがこの通りを疾走するというイベントだった。

「アメリカねぇ」妻がつぶやいていた。

そんな余興に出合った夜、僕たちも一つの奇跡に出合うことになる。

そのバッファローウィング屋は、どこにでもあるようなアメリカの若者が好むバーだった。去年の全米バッファローウィング祭の「お店部門」において全米一位に輝いているとは外見からはわからない。

「本当にここなのだろうか」といぶかる僕たちに出てきたウィングは、これまた見た目も普通だった。

ただ、それを食べた瞬間、僕たちは「人を見かけで判断するのはよくない」以上に、「ウィングを見かけで判断するのはよくない」ということが真理なのだということを体で知ることになった。

すごいキックだった。

まず酸っぱい。口がひん曲がるくらい酸っぱい、と一瞬思うのだが、ふた噛みくらいした瞬間に今度は、カリカリに揚がった鶏の香ばしさと脂肪がつくり出す甘み・旨味が口の中に広がる。そしてはっと思うのもつかの間、次の瞬間、ズドーンという迫力のめちゃくちゃな辛さが襲ってくる。口の中に台風を放り込まれたようなこの感覚。

そして、少し経つとその強烈な辛さは遠慮がちにフェードアウトしていく。

僕は衝撃で口をきけなかった。「な、なんなのこれは」妻も衝撃を受けていた。

このバッファローウィングという単純な食べ物の中で、これほどいろいろなものを濃縮して詰め込み、そして芸術かと思われるくらいの完璧なバランスをもって食べる人を感動させるものが作れるものなのか。こんな場末と言っても過言ではない田舎のパブで、このような奇跡に出合えるのか。

妻と僕は見つめ合い、そしてうなずいた。

そう、僕たちは確信したのだ。間違いなく僕がこれまで食したウィングの中での最高峰、下手をしたら宇宙一かとも思えるウィング。多分、このウィングが世界最強のウィングであることを。

僕たちは、この人類の傑作とも呼べるべきウィングを勝手に「台風ウィング」と命名した。

妻が深刻な顔をしていた。

あれから毎回食べるたびに続けている味の分析をしようとしているのだが、さすがにこの台風ウィングは思うようにいかないらしい。「ちょっと待って……」妻はゆっくりと咀嚼して、首をひねりながら熟考していた。そして数分後「……そうか、なるほど～……そういうことか～」と、なんとかこの宇宙一の味も解明してくれたらしい。

次の朝、とうとう僕たちは、このウィング激戦区の旅の最終を飾るバッファロー市入りを果たした。

そして、ついに世界のウィンガーにとっての聖地、聖母テレサがバッファローウィングを生み出したまさにその店「アンカーバー」へ到着したのだ。

薄暗いバーのような店内に所狭しとオートバイが吊るしてある。ここもスピード狂だ。暗い店内のダイニングエリアには四角いテーブルが規則正しく置かれており、ウィング屋にしては正式なレストランを思わせた。壁にはたくさんの賞状や著名人の写真。さすがオリジナルの風格か。

ワクワク待つこと約五分。大分ボリュームのあるウィングが出てきた。

ソースがドバッとかかってあり、見た目はくどそう。

僕は神聖なる気持ちで、四〇年の時を超えたテレサのウィングにガブリといった。

その瞬間、電撃が体を駆け抜け、僕は二〇秒間ほど声を失った。

「う、うまい」

めちゃくちゃうまい。一〇本八ドル、というお高めの値段も決して高くはない。

カラッとしっかり揚げた鶏にソースもうまく絡んでいる。

妻も「文句なしにおいしい。揚げ方も、部分的にカリカリなっているところもおいしいし、ソースも上品で日本人好み」と超お気に入りの様子だった。

さすが本家本元、脱帽だった。

僕は店員に声をかけた。店員が店長を紹介してくれ、店長がオーナーを紹介してくれた。オーナーは聖母テレサの息子さんだった。

僕は、テレサの血縁との感動の対面を果たし、今度バッファローウィングコンテストに出たいと思っていることや、いつしか日本に本場のバッファローウィングを広めたいと思っていることなどを話した。彼は開示できる範囲の調理方法や、ほかにおいしいと思っているお店、バッファローウィング屋の悩みや将来の方向性など、いろいろな話をしてくれた。

その中で衝撃だったのは、一九六四年のあのウィングが生まれた夜から、この店のバッファローウィングの味はまったく変わっていないということだ。長年の研鑽が生み出した熟練の味かと思いきや、この最高のウィングは、一夜の奇跡として一気にテレサによって生み出されたものであったらしい。

突拍子もない発明品なのにこの完成度、信じられないとばかりにウィングの生みの母テレサを想った。

このアンカーバーをもって全米バッファローウィング食べつくしの旅第二部「バッファローウィング激戦区」は終わる。QLSを久しぶりに訪れることができ、数々の名店や特にエリー湖の「台風ウィング」を食べることができ、そして、最後に聖地アンカーバーを訪れ、その鼓動を感じることができた。いい旅だった。

「聖地」アンカーバーを大満足で後にした僕たちは、ボストンへの帰路につくべく市街を走り始めたとき、大きなスタジアムに出くわした。

「あっ、あれってもしかして」

妻が指さしたスタジアム――それは、バッファローウィング選手権が催される野球場に違いなかった。

あそこでやるのか、という感じより、「やっぱり野球場なんだな」という、あきらめに似た感情が走った。野球場でやることはわかってはいたのだが。


その日に泊まった安手のモーテルで、次の朝、早くに妻に揺り起こされた。

「すごくうなされていたよ」

「あ、ああ」

汗をベッチョリかいていた。

悪い夢を見た。

例の野球の悪い夢だ。

なぜだか一年前にハーバードに来てから、この悪夢を見る頻度が増している。

いったい、いつになったら僕はこの悪夢から、このトラウマから解放されるのであろう。

ウィングの大会で全米で一位になり、あの約束を果たせば解放されるのであろうか。

いや、たとえ一位になっても、これは拭えない気がする。

たとえ優勝したところで抜けることのないトゲのようなものが、心の底にぐいっと刺さっている。まるで、このまま前進し続ければし続けるほど、さらに深く深く食い込んで抜けにくくなるような予感さえ漂わせ——。

「本当に大丈夫なの？」

妻が心底心配そうな顔をしていた。

そしてその日の昼過ぎに、僕たちは無事ボストンに帰還した。

第4章

# 一〇〇〇本のウィング

ボストンに一時帰還した僕と妻は、妻の帰国までの二〇日間を使い、ウィングの徹底的な研究を始めた。

妻が解明したQLSやその他の名店、それからアンカーバー、エリー湖の台風ウィングをはじめとした各地のおいしいウィングのレシピが積み上がってきており、それを分析してどんな形のウィングが受けるのか、試作を重ねながら追求していく少し気の遠くなるような作業だった。

商社マン時代に、ある天才発明王の開発プロセスにとことんつきあった僕は、研究開発の思考プロセスをかじっていた。

何か新しいものを生み出すときの仮説を立て、実験・検証し、また仮説を立てていくといったプロセス。事象をいくつもの変数に因数分解して、特定の変数だけを変化させることにより効率的に結果を導く研究の方法を見ていた。

その日本の科学的研究開発の要領を生で見せてくれた日本を代表する天才発明家との出会いは、僕を劇的に進化させてくれたものだった。

総合商社というところに入社してはみたものの、不器用なうえに計数に弱くてミスばかりしていて怒られまくる毎日で、いい加減高速バスに乗って田舎に逃げ帰りたくなっていたある日、僕はその天才技術者の大村さんという方と出会った。

大村さんは自分の会社では取り扱っていなかった製品分野を一から切り開き、改良・改善を繰り返し最終的には全世界でナンバーワンにした、日本を代表するエンジニアだった。技術改良の激しいその製品分野において幾多の新製品を生み出し、世に出してきた世界でも有名な発明王だ。

僕は、大村さんの製品をアメリカに売りたいと強く思った。当時、それまでのさまざまな経緯や障害により大村さんチームは、なかなかアメリカ市場に入り込めていなかったのだ。失敗だらけのダメ商社マンだったけれど、大村さんの製品を絶対アメリカに売り込ませてほしい。そう強く願っていた。

大村さんは直接口をきくのもはばかられるほどの天上人だったけれど、ストーカーのように何度も訪問し、是非売らせてくださいと頼み込んだ。大村さんは、何度目かの訪問の後、静かに、そしてていねいに、何十歳も年下の僕に「お願いします」と言ってくれた。

結論から言うと、優秀な現地社員のサポートと数度の訪問、粘り強い交渉で、大村さんと僕の想いはアメリカの顧客に届いた。何かにせき止められていた重くて大きい石が、かせを外されて山のてっぺんから轟音を放って転がり始めるように、大きなプロジェクトが動き出したのであったが、それは始まりにすぎなかった。

この製品が日の目を見るまでには、大村さん側の日本の技術屋魂と、その製品を受け入れるアメリカ側のエンジニア・マインドの融合が必要だった。

両者の間にはあまりにも深いミゾがあった。

製品を足で押して動かすアメリカ人の工員を見て「作ったものを足蹴にするとはどういうことだ」と憤る日本側に、「足が一番力があるから」ときょとんとするアメリカ人。八時間かかる製造テストの間、瞑想しながら臨戦態勢で結果を待っている日本側に、「妻とランチを食べてくる」と笑顔で去っていくアメリカ人。

そこに横たわっていたミゾは、日本語と英語という言語の違いでも、メートル法とインチ法という規格の違いでもなく、まさに人間そのものの違いだった。

すべてのプロセスに付き添い、一言一句を通訳しながらプロジェクトを転がしていく任務を負っていた僕の役目は、言語の翻訳ではなくて、それぞれの気持ちの、いや存在そのものの翻訳だった。普通に発するお互いの一言が、相手にとってとてつもなく理解が困難なことはいくらでもある。それをその人の立脚している点から心情までをくみ取り、それぞれの言語に変換して伝える。

「足で動かすな」では通じない。「日本では、大事なものは、手でていねいに扱うという考え方がある。足で蹴るものは汚いものや見下しているもの、大事じゃないものだ。そして何かを作るとき、それに魂まで込めようとする日本人は、自分の作ったものに誇りを持つ。だから、それを蹴るなんことはしない。できない。日本人にとって足蹴にするのは、自分の仕事に唾を吐いていることになるんだ。貴方はさっき、自分が作ったものを蹴った。日本人からすると、自分の仕事に誇りを持っていない、一生懸命作っていないように映ってしまう。だが、彼らも貴方が一生懸命作ろうとしていることを知っている。だから戸惑っているんだ」。「足蹴にするな」の一喝をここまで引き延ばして訳す。すると相手のきょとんとしていた表情は氷解し、「悪かった。そんな文化があるとは知らなかった。悪気はなかった。ただ作ったものに誇りを持つということは自分たちも同じだ。そう伝えてくれ」と言い笑顔さえ見せる。僕はそれを日本語に訳す。

長い長い時間、そんなやり取りを重ね続けていくうちに、遠くに位置していた二つのエンジニアリング文化は、近づき、そして交わった。決して混ざることのない二つのものが一つになり何か新しいものが生まれる。それはとんでもなくすごいことに思えた。

そんな日々は、僕に二つのものを与えてくれた。

一つは、日本と海外の懸け橋になることは、もともとコミュニケーションが下手だった僕だからこそ上手にできる特殊能力であると気づいたことだ。つまり、自分の気持ちを表現するのがうまくない不器用な性格の僕だからこそ、真面目で言葉少ない日本のエンジニアの方々の本心を表情や仕草からくみ取り、朴訥な言葉の本質を理解し、そしてていねいに翻訳して相手に伝えることができるのだということ。

そして、もう一つは、次々に新規製品を開発していく大村さんチームと寝食をともにすることで、僕はシステマティックに何かを創り出すという手法を目の当たりにし、吸収していたのだった。

その大村さんチームから得た研究開発の手法を最大限生かす。

僕は究極のウィング作成マシーンと化し、次から次へといろいろな味のウィングを何本も揚げて、食べきれないウィングはご近所の皆さんに配ったり、ハーバードの同級生で、大食いでアメリカ人に近い大ざっぱな味覚を持った元大手証券会社の敏腕営業マン・タケちゃんに食べてもらった。

気の遠くなるような作業の連続の日々ではあったが、何とか順調に進んでいるようにみえたのだが……。

ただ、その穴倉バッファローウィング研究の毎日の間にも、例の野球の悪い夢を二回も見た。

妻が本当に心配そうな顔で僕を見ていた。

僕をさいなむこの悪夢は、今回のバッファローウィングの話と無関係ではない。

まぁ、日本の社会でとことん落ちこぼれていた僕が、ハーバードくんだりまで来るなんていう大胆な夢を抱いたことにも関係のある話だ。

＊　＊　＊

僕は太平洋に面した古き良き港町で生まれ育った。

三保の松原という名所の近く、美しい海からは歩いて五分という住環境としては最高の場所だったが、一番近い列車の駅にはバスで二〇分はかかるゆるりとした場所だった。

親父は、超がつく日本男児。無口。当然口より先に手が出る。一八二センチの長身にスポーツ刈り。見た目はそっちの筋の人。が、実は野球人であり、地元の高校を出てからは近くの造船所に「野球就職」したノンプロの選手だった。社会人野球が花形の頃だ。後楽園とかにも出たらしい。三〇歳くらいでその会社の野球部が不況で潰れるまで、野球だけやって飯を食っていたという男だ。ゴルフの達人で、麻雀は鬼のように強く、麻雀の後はよく焼肉を食いに連れていってくれるサービス精神も多少はある男だった。

母ちゃんは、これは明治女とでも言おうか。生真面目で芯は強いが人情にとことんもろく、お人よしでいつも損ばかりしている。縁日で若いカップルがたちの悪そうなヤクザにからまれていたときに、幼少の僕と妹の手を引きながら「いい加減にしなさい！　かわいそうでしょ」と言い放ち、大の男を蹴散らした無謀さと博愛を兼ね備えた女性。なお、お祭りのときは必ず売れていない夜店で何か物を買い、「誰かが買うと、お店にお客さんが増えるんだよ」と言い、決して裕福ではないのに大盤ぶるまいするのが好きな性格でもある。世の中いくら不況になっても変わらぬ母ちゃんの大盤ぶるまい癖をして、妹は母ちゃんのことを「一人バブル」と呼んでいる。

基本、無口で情にもろいだけでなく、人にものを頼むのが極端に嫌いな両親。

人を煩わせるくらいなら自分が我慢して済ませる。そんな貧乏武士のような一家で育てられた僕は、好き嫌いや自分の意思を人に伝えるのが苦手な、人にものを頼むことをよしとしない、シャイと言えばシャイな、硬派と言えば硬派な、コミュニケーションが極端に苦手な田舎のバージンボーイであったわけだ。

親父の影響で僕は五歳から野球を始めた。小学校から学校には野球をするためだけに行っていた。交友関係もほぼ野球部のチームメートばかり。朝から晩まで盆暮れ正月なく一緒につきあう奴らはもはや兄弟だった。

当然勉強なんかしなかった。

そしてなぜか、教師にとことん嫌われるキャラだったらしく、中学校では毎日どの教師かに素手だけでなく竹刀をはじめとした凶器を使って激しく殴られていた。そんなに昔のことではないが、うん、あれは酷かった。

ただ、教師たちに殴られることなんてどうでもよかった。まったくもってへっちゃらだった。トラウマとかにも微塵もなっていないので念のため。ただ思い出すとムカムカする思い出なだけだ。

そんな瑣末なことよりも、当時僕が気にしていたのは、こんなにコミュニケーションが苦手だと、将来大変だろうなぁということだった。

小学校低学年のとき「これだ！」と思ったことがあった。小学校の「七夕祭り」のクラスの出し物で「お化け屋敷」をやったときの話だ。

お化け屋敷の出し物のように、何か人を驚かせたり感動させることに異様に感動したのである。大人になったら最高の遊園地をつくりたい、いや遊園地じゃまだまだ足りない、夢というか妄想は無限大にふくらみ、「宇宙ステーション」をつくりたいとまでなっていた。まぁ、夢は夢で大きい方がいいのだろうが、しかし、こんなに人と話すのが苦手な自分が、普通に事業なんかできるのだろうか、という漠然とした不安を抱えていたのだ。

そんな僕の前に二冊の本が現れた。

一冊目は、当時のベストセラー、落合信彦の『アメリカよ！あめりかよ！』だ。読書好きの従兄弟の兄貴から授けられたのだ。これは著者が激動の一九六〇年代にアメリカに単身乗り込んで留学するという話だ。ジャップと馬鹿にしてくる白人たちを得意の空手でバッタバッタとなぎ倒し、金髪女をはべらせて、最後はオイルビジネスに手を染めて一攫千金するというハードボイルドなサクセス・冒険ストーリーだ。

「これだ！」と思った。

これだけ激しい冒険をすれば自分も一皮どころかべろんべろんに剥けに剥けて、コミュニケーションなんかバリバリできるようになるはずだと思った。

その本を一気に読んだ日、親戚縁者一同お隣の韓国やグアムにさえ行ったことがない超ジャパンな環境だったけれど、僕は、大学はアメリカに留学するものと誓った。

そして、もう一冊は、高校の頃に出合った『ハーバード流交渉術』という本。

これも強烈な出合いだった。

正直内容は難しすぎてまったく役に立たなかったが、題名がとにかくよかった。ガツンとやられた。何しろ「交渉術」というやつが本で出ているくらいだから「『交渉』って習えるんだ」ということがわかったのだ。交渉という、人との究極のやり取りは天性のもので、人から習えるような類のものではないと思っていた僕には、青天の霹靂《へきれき》だった。

そして僕は、特にたくさんひっぱたいてくれた中学二年時の英語教師のせいで英語が本当に嫌いになっていたが「いつか落合信彦もぶっ飛ぶようなアメリカ留学をして、ハーバードという学校で交渉を習ってやる」という、まったく自分の実力を省みない野望を持つシャイ男へと昇華していた。

そんな将来の漠然とした夢を持ちつつ毎日は過ぎていった。野球部の連中と夜遅くまで練習し、その後から自転車に乗って遊び回り、夜中近くに家に帰り、すぐに寝て起きて朝練に行く。授業中は寝ていてたまに殴られるという平和（？）な学校生活の中で、しかし、僕には一つ、誰にも言えない究極の悩みがあった。

それは、僕の生活と人間関係のほぼすべてを占めていた野球に関することだった。

ところで、元ノンプロ野球の選手だった親父は、僕の野球にあまり熱心でないようだった。キャッチボールをしてもキャッチャーの役は絶対にやってくれなかったし、第一、小学校の頃から僕の野球の試合を見にきたことは一度もない。これは母親の説明によると、親父は地元で有名な選手だからそんな親父が試合を見にいくと、小学校の野球部を教えているボランティアの指導者たちが気を使って悪いから、だそうだが、何しろ僕の野球にはまったく興味がなさそうだった。

中学二年生のときにバッティングを教えてくれと言ったら、隣の空き地で素振りを三回ほど見た後「スイングを研究しろ」と言って早々に去ろうとした。さすがに「しっかり教えてくれ」と食らいつくと「あのなぁ、俺は自分で本を読んだり人を真似たりしてうまくなった。お前もそうしろ」とまったく教える気がないらしい。「とにかくまず鏡見てスイングの研究をしろ」と言うので、「鏡なんて洗面所にしかないじゃないか。あんな狭いところで素振りなんかできるか」と反論してみたら、「それもそうだな」と言い、二、三日後、縦一・五メートル、横一メートルくらいのお化け鏡を家に持って帰ってきた。知り合いの業者に作ってもらったそうだ。と、そんな感じで気にはしてくれていたようだが、まったく教える気はなかったらしい。笑ってしまうくらい、俺の背中を見て育て、な親父だった。

でも僕は、地元では有名な野球選手の息子なわけだ。

そして、残念なことに僕はあまり野球がうまくなかった。

そんな自分がいやだった。結構なプレッシャーもあった。

親父の息子なのにあまり野球がうまくないという葛藤。そして、毎日野球に行ってもまったくうまくなる兆しも見えない不毛な毎日。さらに、中学や高校の野球部では上級生になるまで練習をさせてもらえないというわけのわからないしきたり。

そしてついに、高校の野球部で僕の葛藤は爆発する。

高校の監督は、僕たちの一つ上の代にうまい選手がそろっていたので、僕らの代は入学してから、上の代が夏の大会で負けるまでの一年四カ月の間、まったく練習をやらせてくれなかった。

その期間、僕の葛藤に拍車がかかる。

玉拾いばかりで上達の兆しのない毎日。でも野球生活に明け暮れて唯一の夢であるアメリカ留学なんかについてはまったく手つかずの毎日。そして否が応にも感じる親父を知る人たちの目。プレッシャー。そしてこの人生最大の葛藤を誰にも打ち明けることができない不器用な性格。

そして最大の問題は、それを親父にも、そして野球部の親友たちにも、誰にも打ち明けたり相談したりすることができなかったことだ。

全部自分で抱え、自分でしまい込んだ。ただ、その黒いガスは自分の中でもはや抑えきれないほどふくらんでいた。

上の代が夏の大会で負けて僕らの代になって初めての夏の合宿。僕たち二年生はようやく野球ができるとウキウキしていたのだが、その合宿で監督はある決断を僕たちに告げた。

監督の決断とは、つまり、僕たちの代はそもそも玉拾いしかしてこなかったから、これから一年間一生懸命練習しても、まぁ、たかが知れている。それより、僕たちの一つ下の代、つまり一年生に粒がそろっているから、わが野球部は二年後の甲子園を目指してこれから驀進《ばくしん》する。ということで、「二年生のお前たちは『肥やし』になれ。どこかの代で甲子園に行ければお前たちも満足だろ」そう言い放ってくれたわけだ。

何かをつなぎとめていた糸のようなものが、心の中でブチッと音を立てて切れた気がした。

僕は衝動的に野球部を去った。

親父には、「野球部やめたから」とだけ言った。

親父は、「そうか」とだけ言った。

親父の顔を潰したと思った。親父や僕の生きてきた世界には、男は二種類しかいなかった。野球をやっているか、やっていないかだ。

どちらがいいというわけではなく、単にそういった切り方で世間を眺めていた気がする。ただ、このどちらにも属せない人間がいた。野球を中途半端な形でやめた人間だ。どちらの世界にも属せない、生きても死んでもいない者。有名な野球の選手のそんな中途半端な息子。

それから僕は、二度と野球には近づかなかった。野球のニュースが流れれば目をそむけるだけではなく、球場にさえ一歩も近づかなかった。特に球場はひどかった。近づくだけでじんわりといやな汗が出た。

高校二年の夏、野球部を去ったという事実が、それから後の僕の人生に付きまとうようになった。具体的には、忘れた頃に悪夢にうなされることになった。

夢は、必ず高校三年になったばかり、あと数カ月で夏の大会が始まるというところだ。

――僕はバッティングの練習で調子よくパコンパコン打ちまくっている。

あれ、いつの間にかうまくなっている。これは活躍できそうだと思ったとき、例の監督が現れる。

周りのチームメートに「なんでやめた奴に打たしているんだ！」と怒鳴る。

そのとき僕は、野球部をやめていたことを思い出す。

そうだ、じゃぁ、せっかくうまくなったのに夏の大会出れないんだ。

でも「もう一度やらせてください」と言えない僕は、悔しい気持ちを抱えてその場を去る――。

そんな夢だ。起きるとベットリと汗をかく。あれから長い月日が経過した今となっても、いまだにたまに見る悪い夢だ。そして、なぜかハーバードに来てから、再びよく見るようになった。

いずれにせよ野球部をやめた僕は、お決まりのパターンにはまる。

オートバイに乗り始め、活動資金を稼ぐためにバイトを始め、そこで知り合った大学生に借りた原付に無免許で乗って警察につかまり、シンナーで歯の抜けた見ず知らずの地元の不良少年たちと一緒に怒られたりした。

世の中はどんよりとしていて、完全に僕は日本の社会から落伍したようだった。

死んだ魚のような目をした腐った高校生の出来上がりだった。


ただ、救世主はしっかり現れるのであった。

それは高校二年のときの担任の先生、僧籍を持つバリトンが効いた声の「坊さん先生」だった。

坊さん先生は僕のことを初めて下の名前で呼ぶ教師だった。僕の神経が限界に達してきたある日、坊さん先生は僕を進路指導室に呼び出した。

正直、そのときの会話はなんだったかあまり覚えていない。

ただ、そのとき、坊さん先生に僕は生まれて初めて自分の気持ちを吐露したことは覚えている。

そして最後に僕は、物心ついてから人前で初めて泣いていた。どれだけ教師に執拗に殴られても絶対に流れなかった涙だったが、坊さん先生には見事に泣かされた。

結論から言うと、僕は、坊さん先生の大学の先輩が隣の市で開いていた空手道場に放り込まれてそこで立ち直る。

空手道場の師匠もお坊さんだった。道場は山深いお寺にあったが、そこは空手王国と言われている僕のいた県の中でも最強の道場だった。自分でも道場を持っている若い指導者たちが集まる本部道場的なその道場に、僕は通い始めた。よく殴られ血もいっぱい出たし怪我もした。ただ、そこで僕は「肥やし」や「落伍者」ではなく、「ただのガキ」として正当に扱われ、義理人情に厚く、心も体もめちゃくちゃ強いスーパーマンのような先生や先輩に鍛えられた。

高校三年になった僕は英語がまったくできなかったので、東京の留学斡旋所に頼りアメリカのある大学から入学の許可をもらっていた。聞いていた通りアメリカの大学は入るのは恐ろしく楽だった。ただ、受かってから気がついたのだが、どこかで「安い」と聞いていたアメリカ留学は案外高いものだった。自分で準備もまったく進めていなかったせいで親に留学斡旋所に少なくない金を払ってもらい、アメリカ留学を「買って」もらった。そのうえ、留学自体も高いと知った僕は今さらながらに格好悪いと気がつき、大学側に頼んで一年間入学を遅らせてもらい働くことにした。せめて自分の稼いだ金で行こうと思ったのだった。

高校三年の最後の方は自由登校となったので、僕は馬車馬のように働き始めた。肉体労働しかできないが、世はバブル。手っ取り早くいい金になった。およそ一年半、新聞配達、期間工、修理工などいろいろな仕事をしながら毎日空手の生活となった。台風の日も一日も休まずに。

工場勤務を終えてから空手の道場に向かう途中のコンビニで、一日の唯一の出費である缶コーヒーを買い、家から持ってきたおにぎりをコンビニの前に置いてあるベンチで静かにほおばっているとき、目の前を高校生たちが嬌声《きょうせい》を上げて通っていく。まだ日本にいるのに、なんか皆とは全然遠い世界に来てしまったなと感じたが、僕には道場があった。空手道場がよりどころだった。

そして、当時はまったく気づかなかったが、後に国際社会で生き抜いていくために必要なことの多くをここで叩き込まれていた。

高校を出てから一年超働いた僕の手元には、四〇〇〇万円以上の金が貯まっていた。空手は一生懸命やったかいがあって黒帯をもらえた。けれど、最後に大きな大会に出て実力が格段上の相手に左目を手ひどく殴られ、目の下の骨が折れて大手術と四週間の入院コースとなってしまった。

退院後すぐに二〇歳の誕生日を迎え、そして生まれて初めてアメリカへ渡る日がきたのだが――。


アメリカに発つ日、空港で僕は家族に宣言した。


そのとき、家族とは今生の別れかもしれないと覚悟していた。大げさではない。飛行機が落ちるかもしれない。飛行場が爆弾テロにあうかもしれない。歩いていて撃たれるかもしれない。アメリカという未知の世界。縁もゆかりもない、そもそも言葉も通じない未知の世界。どうやらそこは日本よりよっぽど危険が満載なようだ。運が悪ければ死んでもおかしくない。いや、五〇％くらいの確率で死ぬのではないか。だから、家族とも、これが今生の別れなのかもしれないと本気で思っていた。

そんな最後の別れかもしれないときに家族に言いたかったこと。

それは、「野球やめたけど、まだ、たまに悪夢にうなされるけど、空手道場という新しい居場所を見つけて、そして留学というものに、すでにどっぷりとはまり始めて自分は何とかなってきている。多分自分はもう大丈夫だから」ということ。

ただ、そんなことを臆面もなく言える性格ではない。

だから僕は少し違う形で自分の気持ちやもろもろを宣言することにした。ちょっと照れくさかったけど。

「アメリカに行ってくる。いつかハーバードに行ってやる。そして何かでアメリカで一番になってくる」

親父と母ちゃんは穏やかにほほ笑んでいた。


その瞬間から、それが僕の至上命題となった。一三年前のことだ。

いろいろありすぎたが最終的になんとかハーバードにはたどり着いた。

それでもまだ例の野球の悪夢からは解放されていなかった。「何かで一番になる」ということが完遂すれば、バッファローウィング王になれば、もしかしたらあの野球の屈辱をすべて水に流せるのであろうか。

わからなかった。

＊　＊　＊

僕たちはバッファローウィングづくりに励んだ。

二〇日があっという間に経ち、本当に、一〇〇〇本に近い数のウィングを揚げたとき、どうやらある程度「食べられる」ウィングができてきた。

二〇日間にしては大したものだった。

あとは、アメリカ一周の旅でさらにいろいろな味に出合い、これに改良を加えていけばある程度勝負のできるウィングが完成するはずだった。

ただ、僕にはなんとなく一つひっかかることがあった。

そのもやもやを妻にぶつけてみた。

「なんか違う気がする」

「え？」

「いや、このウィング、なんか違わないか？」

「なんで、これ相当おいしいと思うよ」

「いや、確かにうまいんだけど」

確かにうまいウィングだ。二〇日間のウィング漬け生活の集大成。なかなかのものだと思う。

「いや、うまく言えないんだけど……」

「ま、多分今は煮つまっちゃっているから、いったん時間をおいてからまた食べてみたら？　私はいいと思うよ」

「……そうかな」

「うん、素直においしいし、味だってあの『台風ウィング』に近いものになっているんじゃないかな」

妻のその言葉で、僕はなぜもやもやしていたのかがわかった。

そう、このウィングは「台風ウィング」、つまりエリー湖ほとりで食べた多分僕たちが一番おいしいと思っているウィングに似ているのである。

いや、日本の味にこだわった僕たちは、醤油をはじめとした日本の調味料も使っている。でも、台風ウィングを和風にしたようなもの、「台風ウィングの和風バージョン」というのがピッタリとくるような味だったのだ。

「猿真似」そんな言葉が頭の中をよぎった。

ただ、これはある意味しょうがないことだ。

効率よく勝つことを考えるのであれば、当然、すでにある強いものを参考にするのがいい。これまで仕事で否が応でも叩き込まれた。僕が食べたウィングの中で多分「台風ウィング」が全米で一番だと思うし、実際、選手権の店の部で全米優勝している折り紙つきの味だ。それを和風っぽくアレンジしたものであれば、当然選手権的にもいけてるはずだ。試験や仕事と同じだ。傾向と対策。傾向を知って対策を練る。だから、台風ウィングに近い味になってしまうのは勝利を考えるのであれば仕方のないことなんだ。

僕はそれ以上その疑念を口にはしなかった。

いずれにせよ妻は明日から日本に帰り、三週間後にボストンとは反対側の西海岸のシアトルで落ち合う予定だ。僕も会社の同期とこれから全米を横断する旅に出るから、調理の開発は当分おあずけだ。

「多分、アメリカ一周している間に、何かまたヒントが出てくると思うよ」妻は明るくそう言った。

確かに、そうなのかもしれない。妻の言う通り旅行中に何かヒントをつかんで、このウィングに改良を加えたり新しい調味料を足せば、さらに独特のウィングが完成するのかもしれない。頭ではそう理解したが、なんとなく芽生えた疑念がなんだか僕の心にすっかり根を下ろし始めてしまっているようだった。

第5章

# アメリカ縦横断六〇〇〇キロ

遂に全米ウィング食べつくしの旅も第三のパート、「東海岸から西海岸までアメリカの下の方を通っていく旅」に突入する。妻が日本に一時帰国するのと入れ替わりに、僕のパートナーとしてボストンに来れくれるのは、会社の同期のブーだった。

ブーは、そのあだなに似合わず、青学出身の東京シティボーイのクールなセンスと埼玉県民の温かい心を持ち合わせたナイスガイで、数少ない仲のよい会社の同期の友達だ。少し小出恵介っぽくもある。

会社に入社した僕は、正直同期の優秀さに度肝を抜かれていた。

一三〇人の同期を見渡しても日本の有名大学の卒業生がほとんどで、しかも学生時代に勉強以外に何かの分野で成功を収めてきたような、文武両道の日本社会のエリートたちだった。親が外交官や一流企業の駐在員で海外に住んでいた奴らも多かった。田舎で庶民なうえに日本のシステム自体になじめなかった僕とは正反対だ。

簡単にできなかった同期の友達の中で、ほんのごく数名、すぐに仲よくなった奴らがいた。だいたい地方の庶民の家庭で育ち、そしてなぜか野球か格闘技か格闘技系の球技をやっていて、「巨人の星」を見て泣いていたという共通点があった。ようは、似たような境遇の奴らなのだ。ブーはそんな数少ない大切な友人の一人だった。

妻を空港に送る道中、どれだけアメリカ横断が大事なのかを説いた。

「あのさ、それはわかったんだけど、単にブーと遊びたいんでしょ」

「え？」

「二人でアメリカ横断して、男だけで楽しみたいって思ってるんでしょ」

図星だった。

僕は妻を心から愛していたが、男の友人だけでとことんガーッと何かやることは大好きだった。

さらにブーの仕事の関係で、六日という限られた期間の中で不可能に近い距離を大爆走する計画になっているのだ。これが楽しみでないはずがない。正直、ウィングをどっかに置いてしまってもいいかもしれないくらい、とてもワクワクしていたのであるが、そんなトラブルのもとは口にしない。

「そんなことないって」妻に悟られないよう僕はたんたんと言った。

「いいじゃない。せっかくだし、楽しみなさいよ。ただし、しっかり遅れずにシアトルに来てよね。じゃぁね」と妻は颯爽《さっそう》と飛び立っていった。

一時間後、僕は同じボストンの空港の違うターミナルでブーを拾った。

赤い登山用のリュックサックにサングラスをかけて登場したブーは、やる気まんまんだった。

お土産だと渡されたのは、BOØWYやザ・ブルーハーツ、m-floその他、僕らの前代未聞のチャレンジを、眠気を吹き飛ばし、爆走で感涙する手助けをしてくれる音楽の数々だった。

固い握手を交わし、再会を喜ぶのもつかの間、ブーを助手席に押し込めた僕は、アクセルを踏んで爆走を始めた。一分も無駄にできない旅なのだ。


そう、僕たちは、六日間でアメリカを縦と横に突っ切るというとんでもない車の旅、つまり「アメリカ縦横断」を始めたのであった。


かなり大雑把に言うと、アメリカは底辺の短い台形の形をしている。

僕の住んでいたボストンは、その台形の右上に位置する。

まずは西へ数百キロ走り、ナイアガラの滝でカナダの国境、つまり台形の上の辺を超えてから急降下するように南下し、ガルフ湾、つまり台形の底辺に面しているニューオリンズまで下りていく。

これで縦断が完了。そしてそこから西へ。テキサスを通り、砂漠や荒野を抜け最終地である台形の左辺に位置するロサンゼルスに到着する。それで横断も完了。ブーはそこから飛行機で日本に帰るという、アメリカを縦と横にぶっちぎる旅だ。全走行距離約六〇〇〇キロメートル。日本の本州を端から端まで、つまり最北の青森から最南の下関まで二回往復するくらいの距離。それを六日間で疾走するという前代未聞の旅なのだ。

さらにせっかくなので、ウィングを食べて郷土料理を研究する傍ら、いろいろなところでアメリカを実感するプランを立てていた。時間と距離のプレッシャーというスパイスが効きまくった男二人の小冒険。

まずは、ボストンの名所にもなっているわれらがハーバードＭＢＡの美しいキャンパスを見せた後、数百キロ車を走らせ、小沢征爾さんでも有名なボストン交響楽団の演奏が屋外で聴けるという贅沢なタングルウッドのコンサートに乗り込み、さらにそこから数百キロ稼いで、モーテルでブーが持参した芋焼酎「しまむらさき」で出発を祝って乾杯という、大忙しの一日目から旅を始めた後、ナイアガラの滝で地球にぽっかりあいた巨大な穴に世界中の水が吸い込まれていくような絶景に息をのみ、ケンタッキーダービーで有名なチャーチルダウンズの競馬場の広さと美しさに心癒されながら一〇ドルくらいすり、メンフィスでブルースを聞きまくり、「フーターズ」でアメリカンなボディを大胆に露出しているさまざまな肌の色をしたウェイトレスのお姉様たちを口をあんぐりとあけて眺め、マーティン・ルーサー・キング博物館で改めて人種差別の歴史を深く味わい、そしてニューオリンズのバーボンストリートでジャズに身をゆだねるなど、アメリカを全身で味わっていった。

ウィング屋はエリー湖の台風ウィングの店や、アンカーバーを超えるような絶妙なものには出合えなかったが、一つ発見があった。

二日目に、ある有名店がやっている支店に寄ったときのことだ。

ブーにとっては、生まれて初めてのウィングで「なんだ、これ、すげー色」とその超オレンジに輝くウィングに度肝を抜かれつつも、その酢っぱ辛そうな独特の香りに誘われたように、すぐにパクッとかぶりついていた。

ところが、そのウィングはあまりおいしくなかった。カラッという香ばしさがゼロだった。

また、少し前に揚げてあったようで、比較的冷たい。さらにソースが絡んでいない。

ブーも「なかなかうまいね、日本にはないよね」と褒めていたが、感動というには程遠いようだった。

「いや、こんなはずじゃない」と僕はがっかりした。

さらに同じようなことが、他の有名店のチェーンでもあった。いつもは絶妙な味を誇るウィングは、何個かが冷蔵庫に入れてあったように冷たかったのだ。

そのとき僕は気がついた。大胆な料理に見えるウィングも、温度に対してはデリケートな食べ物なのだと。同じ系列の店でも特に揚げ方やソースとの絡ませ方に妥協すると、ウィングのおいしさは一気に損なわれる。現に、ソースだけだったらおいしいと思える店はいくつもあった。逆に言うと、しっかりと揚げてソースに絡めて、そして熱々のうちに食べれば相当なおいしさを引き出せるはずなのだ。

ウィングコンテストは調理時間三〇分となっている。鶏を慎重に揚げてていねいに絡めるには時間がかかる。だから、この限られた時間である三〇分は、揚げて絡めるだけに最大限使うべきなのだ。つまり、コンテスト開始前にできる限りの下準備を終わらせ、コンテストの調理時間が始まったら、揚げて絡めることに時間を配分すべきなのだ。ウェブにはソースや鶏肉は持ち込み可能と書いてある。下準備はどれだけしてもいいルールになっているのだ。

そして、一つひらめいた。僕は妻にメールして、あるものを日本から調達してくれるようにお願いした。

味の探求という意味で一番の目的は、ニューオリンズのケージャン料理を味わうことだった。ケージャンというのは、アメリカのルイジアナ州あたりに移住したフランス・アカディア植民地出身のフランス語系の人々のことだ。ケージャン料理といえば、ジャンバラヤやあまり日本ではなじみのないガンボというオクラのスープ。ザリガニ料理なんかも有名で、ここだけアメリカ合衆国じゃないのではというような特殊な食文化を醸し出している。この「異質」な味が、どうしてアメリカ人に受け入れられているのか。そして最近のウィング界では「ケージャンＢＢＱ」とか、「ケージャン蜂蜜マスタード」など、ケージャンを起点にした新味がいくつも発明されており、ケージャンを理解することが今日のウィング界を知ることと言えなくもないほど重要であった。

ところで、ニューオリンズのジャズハウス街のバーボンストリートは刺激的だった。夜遅くまでいろいろなジャズハウスが開いており、街はアルコールとゲロとアンモニアの混ざったにおいで満ちあふれている。店を閉める間がないからだそうだ。

ブーと遅くまでジャズの街を練り歩いた。

観光客をはじめたくさんの人が、本当に遅くまで夜を楽しんでいた。

その夜、久しぶりに「帯」を見た。
宴会を仕切っている最中に見える人々の「気」の帯だ。人々がどれほど楽しんで熱狂しているかが現れる例の薄い色の帯。このニューオリンズの夜に、たくさんの人の頭上にいろいろな色の帯が見えた。
ジャズの街、魅惑的で開放的な街。人々が魂を解き放ち、そして人生を謳歌する素晴らしい街。とても印象に残る、幻想的な夜だった。

ニューオリンズでケージャン料理とバーボンストリートにどっぷりつかった次の朝、僕たちは五時に起きて出発することにしていたのだが、その朝、驚きのニュースを見た。

その日、なんとスペースシャトルが飛び立つというのだ。

僕は電子レンジで温めたベーグルを口に放り込んだまま、何十秒も口をあけながらニュースに見入った。
驚くのも当たり前だ。スペースシャトルと言えば映画「アポロ13」で主役のトム・ハンクスが、シャトルが壊れたけれど地球に帰還するという大騒動の中で、大声で「ヒューストン！　ヒューストン！」と地球側の管制塔を呼んでいる場面が浮かんでくる。そして、なんと僕たちは、今日、スペースシャトルが発射される時間の頃たまたまテキサス州のヒューストンあたりを通過する予定だったのだ。神の配剤か。あのスペースシャトルが発射される時間に、僕たちはヒューストンを通ることになっていたのだ。

その瞬間、僕のハートの中の小惑星が爆発した。

シャワーから出てゆっくりと髪をかわかし始めた眠そうなブーに僕は言い放った。

「とっとと着替えろブー、出発するぞ！」

とにかく急げと半裸のブーを追い立て速攻で車に乗り込んだ僕は、車を発進させるとブーに説明した。

「スペースシャトルが飛ぶらしい。これから五、六時間後に飛び立つみたい。で、ちょうどその時間にスペースシャトルの発射台があるヒューストンを通る」

ブーもさすがに驚いていた。「見れるってこと？」

「いや、わからない。ここからヒューストンまで渋滞がなくてギリギリ着くかどうかの距離だし、たとえ時間内に着いてもヒューストンも広いから、発射台があるところまで遠かったら無理」

「ちょっと待て。ってことは発射台の場所はわからないのか？」

「そう。それは、誰かに聞く」

「誰かにって……」

「テキサスのインフォメーションセンターがあるはずだから、そこで聞けると思うけど……大ざっぱなアメリカ人に教えられても不安だから、例の、ほらヒューストンに駐在している後輩いるだろ、あいつにも調べてもらう」

「なるほど。ってゆうと、あとはどれだけスピード出せるかだな。あと給油か……」

僕たちはいろいろ話をして、地図をもとに給油地点に目途をつけ、ヒューストンの地形を頭に叩き込んだ。そしてブーは、ガリガリと頭をかくとBOØWYの「LAST GIGS」を大音量でかけ始めた。

僕たちはニューオリンズからヒューストンに続く国道一〇号線を最高速度で飛ばし西へ向かった。まだ上り始めたばかりの太陽がとてもきれいだった。

走り出して二時間くらいし、七時三〇分くらいになったのを頃合いに、ヒューストンに駐在している会社の後輩の携帯電話に電話をした。

眠そうな声で出てきた後輩に、スペースシャトルの発射がよく見える場所と、そこまでのルートを聞いた。

「え？　スペースシャトルですか？」後輩は驚いた声を出した。

「うん、スペースシャトル。今日発射でしょ？」

「……え、知りません……」

「おーい、駐在員だろ、スペースシャトルくらい押さえとけよ」

幼少期をラテン系の国で過ごしたこの後輩は、相変わらずのんきな奴だ。商社の駐在員であれば地域で起こることは当然すべて把握しておかなければならない。というか、全人類の希望を背負ったスペースシャトルなんだから、それくらいは頼むよ、といった感じだった。

「す、すいません、すぐに調べます！」と彼は恥じ入るように言い、いったん電話を切った。うちの会社の上下関係はなかなか厳しいのだ。「相変わらずのんきだな、こいつ」と僕とブーは顔を見合わせて笑うと、彼の電話を待ちながら朝の地平線を目指してぶっ飛ばし続けた。

朝の新鮮な空気で、抜けるような高い空もさらに高く感じる。

ちらほら周りを走っている車を蹴散らし、僕たちの車は西へ西へと疾走し続けた。

スペースシャトルを見てやるという想いは絶対的な太陽のように、僕たちの頭上に登り僕たちを照らしていた。その想いに支配されているこのとき、僕はなんだか懐かしいような愛おしいような、なんだかとても大事なものが胸を満たしているような気分になっていた。

三〇分もすると電話が鳴った。後輩君だった。

彼は少し醒めた声でこう聞いてきた。

「あのー、先輩、本当にスペースシャトルの発射があるんでしょうか？　調べても何も出てこないんですけど」

後輩君もなんだかんだいってできる人間だ。短時間なりにも徹底的に調べたはずなのに何も出てこないとは。おかしいと思いつつも、僕はＣＮＮの今朝のニュースで言っていた旨を話した。

「……ＣＮＮがですか？」

ＣＮＮと聞いてこちらの情報が誤りではないと納得したようだ。

「そうですか、もう少し調べてみます」彼は静かに言った。

「そうか。頼むよ」

後輩君の電話を切った後、少しするとテキサス州に入った。

アメリカでは車の旅の支援が充実しており、主要ハイウェイの州境にはかなりしっかりしたインフォメーションセンターがある。観光ガイドの人が常駐していることも多い。五分浪費するのももったいなかったが、テキサス州のインフォメーションセンターに寄ることにした。駐車場にキキキッと斜めに車を停めると建物に飛び込んだ。

大柄の黒人のおばちゃんが、何事か？ と背筋を伸ばしてこちらを見た。

僕は小走りでカウンターに座っている彼女に近づきながら「こんにちは、えーと、スペースシャトル、どこで見れるんですかね？」とさっそく聞いてみた。

「え？」彼女はぽかんとしていた。

まどろっこしい。昨日あたりからスペースシャトル発射を見るためにこの道路を通る人たちに同じ質問を何度もされてきたのではないか。

「いや、だから、スペースシャトルが一番見やすいところを教えてほしいんですけど」

「スペースシャトル？」おばちゃんはきょとんとしている。

あの後輩君といい、このおばちゃんといい、テキサスに住んでいる人たちはなんなのだ。静岡県民が富士山に登らないように、スペースシャトルはもはや日常となってしまって興味も持たないのか。じれったかったが僕はていねいに繰り返した。

「いや、スペースシャトルが一番見えやすいところを知りたいんです。どこからでも見えるってわけじゃないでしょうから」

おばちゃんは真剣に考えているようで、そして言った。

「やっぱり一番よく見えるのはテレビじゃない？」

僕は固まりそうだったが、そんな時間もなかった。

「はっはっは、笑えない冗談ですね。本当にどこか教えてくださいよ」

おばちゃんは気の毒そうな顔をして繰り返した。

「だからテレビよ」

僕たちは車に飛び乗ると、後輩君の情報を唯一の頼りに一路ヒューストンに車を走らせた。

もうすぐヒューストンに着く。後輩君がなんとか場所を見つけてくれることを祈るしかない。じりじりする想いを抱きながら、さらに西へ西へと滑走していった。

そこへ後輩君から電話がかかってきた。

「おお、待っていたよ！　助かった。わかった!?」

「えーと、あのですね」後輩君はとても冷たい声で話した。

「えーとですね、間違いなくスペースシャトルは今日打ち上げなんですが……」

「だろ？　よかった。で、どこ行けばいいの？　もう着いちゃうよ、ヒューストン」

後輩は冷静に言葉をつないだ。

「えーとですね、いいですか、スペースシャトルはNASAが運営しているんですが、ヒューストンにはNASAの管制塔があるんですよ」

噛みくだいてさとすような口調だった。

「だから、わかってるって。早く場所を教えてくれよ」

「いいえ、貴方はまったくわかっていません」

帰国子女の後輩君は、怒っているとき相手を「貴方」とていねいに呼ぶ。

「な、なに?」

「いいですか、スペースシャトルの管制塔はヒューストンですが、発射台はフロリダにあるんです」

「はい?」

つまり、スペースシャトルは、発射される位置と管制塔が別で、トム・ハンクスが「ヒューストン」と繰り返していたのは管制塔、つまりヒューストンだが、発射自体はフロリダという初歩的な、極めて素人的な間違いであった。

フロリダ、つまりそこからUターンして東に二〇時間くらい運転しなければ見えない。インフォメーションセンターの黒人のおばちゃんが「テレビが一番見える」と言っていたのもうなずけた。すっかりあきれた後輩君には、ヒューストンで飯をおごることを約束し電話を切った。

「また、やらかしましたね」と言うブーの冷たい視線をかわし、僕は景気づけにm-floを大ボリュームでかけ、気分だけを宇宙に飛ばし一切合財を水に流すことにした。

ただ、なんだかとても不思議な感じがしていた。

うまく言えないのだが、スペースシャトルが見れたわけでもないのに、心が、その中心部から強烈な熱を発している感じを味わっていた。何かが心を満たしていた。

僕たちは、大雨や嵐に襲われたりもしたけれど、予定通り荒野や砂漠も滑走し、グランドキャニオンで雄大な自然に感激し、そして無事にロサンゼルスに到達した。

六泊七日でアメリカ合衆国を縦と横に突っ切る、走行距離六〇〇〇キロメートルの濃厚なアメリカの旅だった。

アメリカはでかい。

このでかさにはとうていかなわないということを、感覚としてとらえることができたのと同時に、そんなに大きなアメリカという国も、六日もあれば縦と横に突っ切れるんだということも体感できた。

そして、地平線を目指してひたすら走り、大空に近い大空間で魂を解き放ち、このアメリカという国を駆け足で回ったおかげで、何かが少し解放された気がした。

ブーを寂しい気持ちで見送った僕は、妻と落ち合うシアトル、アメリカを台形と見立てたら左上のシアトルを目指して、西海岸を下から上に登り始めた。少なくとも一五〇〇キロメートルはある行程だ。日本の本州を最北から最南までドライブするのと同じくらいの距離。この区間は一人旅になる。西海岸に住んでいる友達を転々と訪ね色々なウィングを食べながら西海岸を北上していった。

一人で運転しているとき、僕はスペースシャトル事件を考えていた。

あのとき感じた不思議な感じはなんだったのだろう。不思議だけれどなんだか懐かしい感じ。なんだろう。このだだっぴろいアメリカを滑走したことで、何か見え始めた気がした。

西海岸のウィングツアーのクライマックスは、オレゴン州のポートランド市にあった。ポートランドでは地元の人に勧められたお店に行った。

店には隅でカントリーギターを弾いているTシャツのお姉さんがいて少し驚いた。レジで注文してから席に着くらしい。見たことのないようなメニューがたくさん並んでいるので、レジのお姉さんにアドバイスを求めたところ、人気三品種を口頭で紹介してくれた後、「味見してみてよ」とニコッとレジの横を指さした。

なんとそこには全九種類のウィングのソースが小さいお皿に入れて置いてあった。横に置いてあるセロリにソースをつけて試し、気に入ったものを注文するという画期的な仕組みだった。

三角形の店内は赤が基調で一角の壁はすべてガラス張り。そこから夕暮れの温かい日差しが差し込んでいた。きれいな空も見えた。壁にはいろいろなものがセンスよく並んでいる。

そのとき、見たことのあるマークが目に飛び込んできた。なんと壁に聖地「アンカーバー」のロゴが吊るしてあった。ロゴの横にはバッファローウィング誕生秘話まで書かれている。アンカーバーの系列店なのだろうか。

そして出てきたウィング。もう西海岸のウィング屋もほとんど行きつくし、アメリカのウィングの実態をつかんだと思っていたのは早計だった。

絶品だった。

まず食べたホットピーナツ味。アメリカ人が好きなピーナツバターの甘さとタバスコの辛さが絶妙に絡んでいる。定番の普通のウィングは、黒コショウが非常に強く効いている珍しい絶品。手羽の揚げ方もパーフェクト。これ以上でもこれ以下でもいけないという微妙なバランスを完璧についている。

本物だった。店のセンスといい、事前に味見させる顧客へのきめ細かく温かいサービスといい、職人芸のような味といい、間違いなくホンモノをつくり出した奴が舞台裏にいる。

「リーダーシップ」を教えるハーバードＭＢＡでこう教わった。

「レストランに行ったときに、入った瞬間に花のいい香りがし、それほど待たされることなく気だてのいいウェイトレスにテーブルに通してもらい、プライベート感とおもてなしの絶妙なバランスの接客を受け、料理やお酒は当然おいしく、内装から音楽からすべてのものが一つの雰囲気をつくり出している。当然トイレはピカピカで、最後のデザートを食べ、店を出るまで最高の時間を過ごせたとする。そんなとき、そのレストランには、強烈なリーダーシップが宿っている。その店の誰か、オーナーかもしれない、店長かもしれない、もしかしたらバイト軍団のチームかもしれない。誰かが、このレストランを『こういう風にしたい』と強烈に願い、それを実行しているから、そんな最高な体験ができるのだ。それが一つのリーダーシップである」と。

このお店こそ、それだ。誰か、ウィングを心から愛する奴が強烈なリーダーシップを発揮してこの最高なお店をつくり出している。いったい誰が――。

近くにいたウェイトレスに尋ねてみた。

「このお店は、例のアンカーバーと関係があるの？」

「ううん、まったくないわよ」

「じゃぁ、なんでアンカーバーのロゴがあんなにでっかく出ているんだい？」

そのとき、緑色のポロシャツを着た男がキッチンから出てきて言った。

「アンカーバーに敬意を表して、ああやって掲げているんだ。味はもちろん彼らのものとは違う。でも、ウィングを発明したテレサを尊敬しているんだ」

緑色のポロシャツ男は、ジョーダンというこの店の経営者だった。

——この男か。

会った瞬間に彼が自分と同種の極度のウィングおたくであると直感した。

僕は、選手権のこと、アメリカを渡り歩いてウィングを研究していることを話した。ジョーダンもこの年の元旦からこの店をオープンしたばかりだということを話した。「バーへ移ろう」と言うジョーダンの誘いのもと、僕たちはバーへ移動し、ウィング談義に花を咲かせた。彼がビジネスというよりはどうしても自分の大好きなウィングを人に食べさせたい、そういう想いでこの店をやっているんだということがよくわかった。

ジョーダンは言った。

「アンカーバーに行ったんだ。俺にとっては聖地だから心臓バクバクさ。で、そこにいた店員に、テレサはどこかって聞いたんだ」

ジョーダンは、数年前「聖地」アンカーバーに初めて行ったときの話を始めた。

テレサとは、もちろんバッファローウィングの生みの親、聖母テレサおばさんのことだ。

「そしたら、店員は、テレサは数年前に亡くなったって言ってた」

ジョーダンは悲しそうにそう言った。

そう、僕たちのヒーロー、テレサさんは、すでに他界している。僕たちは少し湿った気分になり、少しの間沈黙したが、またいろいろな話を始めた。

夜も更けたのでようやく席を立とうとしたとき、ジョーダンは「ちょっと待ってくれ」とキッチンへ消えていった。ジョーダンが持ってきたのは、この店のウィングソースだった。大きなジャムの瓶みたいな容器に詰めたものを三種類。定番の人気商品だそうだ。

店の命のソースを初対面の僕にくれるなんて。

「明日からホームページが開くんだ。そこに是非、君の写真をアップしたいが、いいか？」

ジョーダンと一緒に一枚。そして、ウィングハットというでかいウィングの形をしたはりぼてのかぶりものを被らされて一枚撮られた。「必ずまた来る」と言って握手をしてジョーダンにお別れを言った。

このポートランドという街で、こんな最高の店とウィングおたくの同志にめぐり合えた。僕は、ジョーダンの想いも一緒にバッファローに持っていこうと思った。

そして、この僕の一三年来の挑戦の最後を飾る選手権に持っていかなければならないもう一人の男の想い、あの古びた約束を今でも強固なものにしているあのときのことに想いを馳せた。

第6章

# 古びた約束

僕が一回目のアメリカ留学を始めてから一年が過ぎ、大学二年生になった頃のことだ。学園生活にも慣れ、英語もそこそこ話せるようになってきて、大学に新たに入ってきた韓国人やドイツ人といった留学生や数名のアメリカ人の学生ともとても仲よくなり、一人でカフェテリアで飯を食うことがほとんどなくなってきた。

ようやくなんとか授業にもついていけるようになったので、そもそもの予定通り、三年目からもっと大きな大学に編入しようと普段の学習の傍らＴＯＥＦＬという留学生のための英語検定試験の勉強を始めたりしていた。新たにルームメートになった三年生のアメリカ人の男とは、とても気が合った。

そんな九月のある朝、僕の部屋の電話が鳴った。
その時間には珍しい外線からの着信音だった。

受話器を取ると、「はろー」という懐かしい日本語英語が飛び込んできた。母ちゃんだった。ただ、母ちゃんの様子が少しおかしかった。定番の野菜食べてるかとか、洗濯物ためてないかとかいう質問をしながら、何やら何か言うのをためらっているようだった。だいたい、平日のこの時間に電話してくること自体がよくわからなかった。

「何かあったの？」

僕は単刀直入に聞いてみた。

唐突感のある母からの電話に、なんだか不安な気持ちになったのだ。

母ちゃんは珍しく何かをためらっているようだったが、少しすると意を決したように口を開いた。

「……うん。……こころして聞きなさい……お父さんが大変なの」

「え、何？　親父が？」

「お父さんね、一週間くらい前から入院していたのよ」

入院？　そんな話は聞いていない。いたって頑丈で健康的な親父だ。入院なんてまったくもって似合わない。交通事故でも起こしたのか？　それにしてはなんで今頃連絡が来るのか？

母ちゃんは、親父が激しい咳が出たため、大事をとって検査をするために入院していて、その結果が出て、昨日担当の先生に会ってきたのだと言った。

「でね」

「……うん」

「でね、先生が言うには、お父さんね……」

あの母が言うことをためらっているということが、事態の深刻さを想像させた。

「……お父さんね……癌だって」

その言葉を聞いたとき、周りがやけにひっそりとした気がした。

「肺。肺癌なの」

黙りこくり、何も発することのできない僕に母は続けた。絞り出すような声だった。

「そして……末期なの」

末期という言葉は聞いたことがあった。

確か癌にはその進行具合でステージがあり、末期はその字のごとく最後の、つまり最悪のステージだということだ。

黙りこくる僕に、母ちゃんはいろいろ説明を始めたが、耳に入らなかった。

〝癌〟という単語と〝末期〟という単語が僕の頭の中でグルグルとうねっていた。まだ何か言い続けている母ちゃんを遮って僕は聞いた。

「……末期って、どういうことなの?」

母ちゃんはまた沈黙した。

沈黙は長く続いた。

静かな部屋の中で、トムが残していった時計の音だけがチッ、チッ、チッと規則正しく静寂を破っていた。

僕は、母ちゃんをせかさなかった。

正直、僕はその先を聞きたくなかった。でも、理性のどこかが聞いておけと言っていた。

とうとう母ちゃんが口を開いた。

太平洋の向こうから、飛行機でも一三時間かかる距離の向こうから、ポツンと発せられたその一言は、今まで聞いた母ちゃんの声の中で一番か細く、弱々しく、そして絶望的なまでに悲しみがにじんでいた。

「あと、六カ月の命だって」

その後母ちゃんと何を喋ったのか記憶にない。気がつくと僕はトイレで吐いていた。何度も何度も吐いていた。

留学して二年目。学校生活にも慣れてきた。ようやくエンジンがかかってきたときだ。そんなときに日本からの凶報。親父の命があと六カ月。医者の言っていることが本当ならそんな短い時間しか残されていない。そして僕ははるか彼方アメリカにいる。親父が、そして家族が心配だ。これが何かの間違いでないのであれば、親父は半年したらいなくなってしまう。留学なんてしている場合か。一刻も早く日本に帰国すべきではないか。

僕はホストファミリーで街の空手道場の先生・ボブに話してみた。

ボブは静かに話を聞いてくれた後、僕の「留学をやめて日本に帰るべきだろうか?」という質問に対して「家族で、特に親父さんと話して決めるべきだ」と迷わず言った。

僕は当惑した。

なぜなら、その話をするためには親父にも癌の末期という真実を伝えなければならなかったからだ。今では医療も進歩し助かる癌も多くなり、日本でも患者が癌を告知されることも増えてきたのかもしれないが、当時は、しかも僕がいた地方都市では、癌は不治の病と信じられ、患者には決して知らせてはならないという考え方が支配していた。

僕は日本では癌を本人に告知しないものだということを説明した。

ボブは驚いていた。アメリカに一年もいて、彼らの考え方もわかっていた。アメリカ人としては真実を一番知るべきは当然、本人で、そのうえでそれを家族や大事な人と分かち合い、今後をどうするのか話し合い決めていく。それがアメリカのやり方だ。

すっきりして、合理的な考え方だ。

本人も余命の短さを知りショックで死の恐怖に慄《おのの》く日々を送ることになるかもしれないが、残された限りのある人生とそのつもりで向き合える分、変な悔いは残らないかもしれない。

周りの人間も、本人が真実を知りショックを受けるのを見るのはつらい。

ただ、患者に嘘をつき続けるという精神的な負担からは解放される。

そして、本人と、残された時間が限られているということを共有したうえで、濃密で意義のある時間を過ごすことができるかもしれない。とても合理的であり、理想的とさえも思われる。

ただ、頭ではわかっても、僕の腹には落ちてこなかった。

うまく説明できないけれど、多分僕たち家族が、親父に真実を告げることはないとボブに言った。

ボブは言った。

「であれば、留学を続けるかどうかは、自分で決めるしかないだろうな」

そして、「ただ、一つだけ言えるのは、親父さんが最も望むことを考えてやることかもな」と。

僕は、次に母親と電話で話した際、やはり留学はやめた方がいいのかなと聞いてみた。

「あんた、何馬鹿なこと言っているの。そんなことお父さんが望むと思っているの？」

母はぴしゃりとそう言い、その一言は、僕の脳天を貫いた。

親父がたまに言う言葉、「とことんやらなきゃ、つまらないよな」。

野球をとことんやってきた親父。その後はゴルフや麻雀にとことんだった親父。

親父は無口で酒もやらなかったが、何か物事をとことんやり、そして勝負を楽しんだ。

切磋琢磨し、何かを極めようとするのが、とても楽しい行為と知っていた。

僕は、この留学というやつに、すでにとことん突っ込んでいた。

日本で一年間死ぬほど働いて、知り合いもいない国に、言葉もわからず乗り込んでいく際に、死ぬ覚悟も家族と別れる覚悟もしたし、英語もわからないのに一年間ほとんど寝ないで勉強した。野球部をやめて死んでいた心が動き出し、走り出した僕にとっての勝負だった。中途半端に野球をやめてから、僕がとことんやり始めた留学。そんな勝負をしている僕を、何があっても親父がやめさせたいわけがなかった。

ボブが言っていた親父が望むこと、というのはこれだと思った。

癌だという真実を告げるかどうか、それを起点に話し合うかどうか、そんなことは、こと親父と僕の間に限っては必要ない。親父はこれしきのことで、僕が自分の勝負をやめることを許すはずがない。

アメリカ留学は、続けるべきだ。直感した。論理じゃない。気持ちがそう言っていた。

僕は歯を食いしばって留学を続けた。授業をたくさん取り、徹夜を続けて編入のためにいい成績をキープし、さらに友達に助けられながらＴＯＥＦＬの勉強をし、ボブの空手道場に通った。日本食が恋しくなってもハンバーガーに醤油をかけながら食べた。

母が毎週土曜日に国際電話をくれ、そこで親父の様子を聞いていた。

親父は三カ月間くらい入院し、抗癌治療とやらをたくさんし、そして小康状態となって自宅での療養に切り替わったそうだ。僕もほんのたまに親父と国際電話で話したけど、「早くよくなりなよ」程度しか病気のことには触れず、自分の近況を喋るだけだった。


そして冬休みが訪れ、僕はようやく一時帰国することができた。

駅には親父が迎えにきてくれていた。

改札のすぐ外に、背の高いおっさんが、ズボンに手を突っ込んで立っていた。

親父だった。

だいぶ痩せていたが、僕の親父だった。

僕はなんだか照れくさかったけれど、「ただいま」と言って親父の方に歩いていった。

親父も「おう」とめちゃくちゃ照れくさそうに言った。

僕は親父の車に乗り込んだ。

親父は退院していた。治ったのではなく、厳しい治療が一通り終わったので、どうせなら家にいた方がいいという退院だったようだ。親父の痩せ方から、治療が過酷なものであると容易に想像できた。

親父は相変わらず無口で、静かに車を運転していた。

「腹へってるか？」

「うん」

「そうか、母さんが何か作ってるぞ」

「うん、日本食楽しみだ。カツ丼が食べたい」

「ああ、多分それだ、今日は」

「そうか、よかった」

僕たちはあえて当たり障りのない会話をしていた。

「もう、よくなったの？」僕はおそるおそる聞いてみた。聞かないのが不自然かと思ったからだ。

「ん。ぼちぼちな」

しばらくして、信号で停まったとき、親父がつぶやいた。

「どうして、こんなことになっちまったのかな」

僕は、はっとした。親父はすべてを知っている。癌という病名も、そして自分の命が残り少ないかもしれないということも。抗癌剤の治療を続ければ察するだろうし、母ちゃんや、妹、そして僕の下手な演技では隠し通せなかったのだろう。

癌だと疑えば、「自分は癌なのか？　死ぬのか？　死ぬとしたらあとどれくらいあるんだ？」というのは当然聞きたかったのだと思うが、親父はそんな疑念を一言も言わなかった。

親父は知らないふりをしていた。

癌という事実を懸命に隠し、明るくふるまう母ちゃんや妹の「嘘」に応えるために、親父は癌に気づいていないという「嘘」をついていた。

僕は、親父の顔を見ることができなかった。親父も変わらず前を向いて静かに運転を続けていた。

親父は全部知っている。同じ男である僕にだけは、「知ってるよ、大変なことになっちまったな」というサインを送りたかったのだと思う。僕は、沈黙に耐えられず気になっていたことを口にしてみた。

「……少し痩せたんじゃないの？」

「ふん、ダイエットだよ」

親父は冗談でこの会話を、僕の心配を流そうとした。僕も調子を合わせた。

「そうか、親父腹出てきてみっともなかったもんな」

「ばかやろう」

イタッ、親父の拳固が飛んできた。隣で運転しているのは、痩せてはいたが正真正銘僕の親父だった。

このとき、なんだか理解した。

親父のために嘘をつく、母ちゃんや妹や僕たち。

母ちゃんや妹や僕のために、嘘をつく親父。

お互いがお互いのために嘘をついて、核心からは遠いところでやり取りをしている。合理的ではまったくない。思い違いや勘違いも生じるかもしれない。

でも、だからといって残された時間が、浪費されているとはまったく思えなかった。

お互いを思いやる気持ちの大きさは間違いない。一日、また一日と相手を思いやり、話してすっきりするのではなく、嘘を背負い苦しかろうがその人を思い一日を生きる。

これが僕たちなんだ。

僕たちの家族に、無理やり真実をあばき出す必要はなかった。以心伝心でいい。お互い思いやりを持つだけで、愛おしく思い、大事にするだけいい。真実がなくても、お互い大事に思える。愛し合える。思いやれる。それでいいじゃないか。そう思った。


僕の冬休みの二週間はあっという間に過ぎた。とても穏やかな日々だった。

僕はパチンコ屋で朝から晩までバイトをし、保険会社に勤めている母ちゃんも働いて、でも少しだけいつもより早く帰ってきて腕によりをかけて料理を作ってくれて、親父も午前中だけ会社に行って。なるべくいつもと変わらない日常をそれぞれが生き、そして一緒に過ごす時間を大事にした。

再渡米の日、親父と母ちゃんが新幹線のホームまで見送りに来た。

「じゃぁ行くよ」と新幹線に乗り込もうとするとき、母ちゃんが泣き出しそうだった。

親父は静かに僕の目を見つめていた。そして静かにほほ笑んだ。

新幹線のドアが閉まった。

目がしらが熱くなり、泣き出した母ちゃんと、ほほ笑んでいる親父の顔がにじみ始めたが、二人の視線から逃れてからは、上を向いて全身全霊でそれをやり過ごした。


二年生の春学期、僕は忙しく過ごした。授業、編入試験、ボブの空手道場。引き続き毎週末、母ちゃんから電話がかかってきて親父の具合が報告された。

親父は毎日会社に行っているようだった。

この前は、妹が四月から千葉の大学に行くため、その引っ越しで母ちゃんと妹を乗せて車で千葉まで運転していったそうだ。

よくなりかけてきているんじゃないか？　口に出した途端に、泡のように消えてしまいそうな淡い希望。誰も口には出さなかったけれど、強く祈っていた。奇跡というものを信じたくなっていた。


二月の終わりの土曜日、母ちゃんから親父が再入院したことを告げられた。

そして、母ちゃんに言われた通り、親父の主治医の先生に電話をかけた。主治医の先生は早速、僕が大学を休めないか聞いてきた。「お父さんと普通に話ができるうちに帰ってきた方がいいと思う」と。

つい先週、千葉まで母ちゃんと妹を連れてドライブしたという親父が、そんなに急に悪くなるものなのか？

「そんなに……悪いんですか？」

僕は戸惑った。

「まだ……元気だけどね」先生は言葉を選んでそう言った。

「まだ？」

「うん。まだ元気だけれど……はっきりしたことは言えないけれど……」

主治医の先生は一拍置いて、そして次の言葉をゆっくりと言った。

「あと、長くて一週間から二週間の命です」

最後のところだけ、よりていねいな口調で話す先生の言葉が、冷たい現実を伝えていた。

僕は、次の日の便で日本へ発った。

夜九時に親父の入院している病院に着いた。

ちょうど面会時間が終わり、人が出口から吐き出されているところだった。

その流れにさからって、僕は親父の病室に向かった。六人の大部屋だった。

僕は静かに部屋に入った。ちょうど、母ちゃんと妹が帰り支度を急いでいるところだった。

妹が僕に気がついた。

「お兄ちゃん！」

親父と母ちゃんが僕を見た。

「なんだ、帰ってきたのか」

親父は、僕の顔を見た瞬間、一瞬驚いて、ハッとしていたが、すぐに普段の穏やかな顔に戻った。

親父には僕が帰国することを知らせていなかった。

「春休みだから心配で帰ってきた」

親父は「そうか」とほほ笑んだ。

館内放送で蛍の光が流れ始めた。

母ちゃんが、「また明日ゆっくりと来ましょう」と促し、母ちゃんと妹は病室を出た。

僕はまだ来たばかりだったので去りがたかったが、入り口の方へ向かうと、親父に「おい」と呼び止められた。

親父は少し怖い顔をしていた。何かを伝えたいようだった。

ただ、すぐにその表情はふっと氷解し、財布から三万円抜き出して「これでなんかうまいもんでも食え」と言った。

お金に手を出した僕に親父は「しかし、お前髪の毛伸びたな。女みたいで気持ちわりいぞ」と悪態をついていた。

そういえばこのところ床屋に行かなかった。忙しかったし、そのまま伸ばしていた。

小さい頃から野球をしていた僕はずっと坊主頭だったので、髪の長い僕は親父にとって珍しく映ったに違いない。

「さっぱりしねぇな」と相当気に入らないようだった。

「いいんだよ、これはこれで。また明日ゆっくり来るよ」と言うと、僕は病室を後にした。

母ちゃんが親父の病状を説明してくれた。親父の主治医の先生が教えてくれたこととほとんど変わらなかった。あの元気な姿からはまったく想像できなかったけれど、つまり、長くてあと一週間程度ということなのだ。

その夜まったく眠れなかった僕は、久しぶりにオートバイに乗った。夜の街を、海岸線を走った。夜が明けるまで何も考えずに走り続けた。

次の朝、僕は妹と連れだって病院に行った。

親父は昨日とは違い、少し苦しげだった。

肺が悪いため、酸素を十分に補給できていないのだろう。呼吸が少し大儀そうだった。僕たちが到着したとき親父はベッドの上にあぐらをかいて、頭を少し垂れるようにしていた。

「おす」僕はあえて明るい声を出して親父のベッドに近づいた。

「おお」僕たちを見て頭を上げた。

「なんだよ、少し苦しそうじゃん」

「そんなことはない」

親父は少しゼイゼイしていた。

妹は相当心配して「先生を呼んだ方がいい」と騒ぎ出した。

親父は、「大丈夫だよ」と妹をなだめて、「ちょっと疲れたから、少し眠るわ」と言って横になった。

親父は眼を閉じながらぽつりと言った。

「母さん……呼んだ方がいいかもな」

僕はハッとした。親父がこんなことを言うなんて相当なことだ。訪れる死を、それほど遠くないと感じたのかもしれない。

僕は努めて普通の声で答えた。「うん。母ちゃん、呼んどくよ」

親父は満足げにうなずくと、本当に眠り出したようだった。


母ちゃんが駆けつけたとき、ちょうど親父は主治医の先生の診察を終えたところだった。

先生は母ちゃんと僕を外に呼んだ。

先生は僕の方を見ながら「帰ってこれたんだね」と満足そうに言った。そして母ちゃんにこう言った。

「これから個室に移った方がいいでしょう。一つ空けますので、準備ができ次第移っていただいて結構です」と言い、傍らにいた看護師さんにいくつか指示を出した。そして続けた。

「今夜から誰か付き添ってくれて結構です。看護用のベッドをお出しします」事務的にそう言った。

「残念ながら、まったく先がわからない状態になっています。三日か、一週間か……」

ついに来たのか、僕たちは息をのんだ。

先生は、僕の方を向いてこう言った。

「お父さんは、私が見た患者の中で一番強い人だ。どんな治療にも痛いとかつらいとか一言ももらさなかった。だから、周りが気をつけてあげないと苦しむだけだよ」と。

主治医の先生が去ると、母ちゃんは廊下に置いてあった長椅子にポツンと座り込んだ。

僕は母ちゃんの隣に静かに腰を下ろした。

「ついに来ちゃったね」母ちゃんは廊下の反対側を見つめながら言った。

「昨日はあんなに元気で、あんたが帰ってきて喜んでいたのに」

確かに昨日の親父は重病人には見えなかった。

「お父さん、あんなにいい人なのに……なんでこんな目にあうんだろうね。悪人世にはばかるってホントだね。いい人ほど……」

母ちゃんはハンカチで目じりを拭くと、「さ、お父さんが心配するから病室に戻ろう」と言うと親父の部屋に歩き出した。


久しぶりに帰国した僕が、その夜は父の付き添いをすることになった。

すでに個室に移っていたので、母ちゃんと妹は一一時くらいまでこの夜は粘った。

途中、二度ほど看護師さんが「そろそろ患者さんもお疲れでしょうから」と帰宅を促しにきたが、妙に部屋の中が明るい雰囲気であったため煙にまかれたように首をかしげながら出ていった。

ついに母ちゃんと妹が帰ると、やはり疲れていたのか、親父はすーっと眠りに落ちた。

僕には親父の隣に簡易ベッドがあてがわれていたけれど、そこに腰かけながら親父が寝ているところを暗闇の中で眺めていた。小さい頃からの、親父とのいろいろなことを思い出していた。

三時間くらい経ったか、親父がすっと目を覚ました。まだ夜中の二時だ。

「なんだ、起きたんだ」僕は話しかけた。

「お前、起きてたのか?」

「今寝ようとしていたところだよ」

「そうか」

僕は、親父と猛烈に何か話がしたかった。親父はこれからどうなるんだ? 僕はこれからどうすればいい? 今、どんな気分なんだ? 怖くないのか? 痛くないのか? まだまだ若いのにふざけんなよ。母ちゃんや妹はどうするんだ? いろいろ、いろいろぶちまけて言ってみたかった。

僕は「どんな感じ?」と聞いてみた。

気持ちも、体の具合も、すべてひっくるめてどんな感じか聞きたかった。

親父はポツンと言った。

「どうして、こんなことになっちまったのかな……お前も体だけには気をつけろよ」

「大丈夫だよ。たばこだって吸わないじゃん」

「たばこだけじゃなく、いろいろと体には気をつけろ。健康は本当に大事だぞ」

そんなことを聞きたいわけじゃない。でも僕は「わかったよ、体には気をつける」と言った。

「お前、大学の方はどうなんだ?」

「うん、大丈夫。例の編入するってやつも願書を全部出し終えて結果を待っているところ。英語のテストの点数も取れた」

「そうか、よかったな。お前がそれほど勉強するとは意外だな」

「相変わらず好きじゃないけどね、勉強」

「ふん。まぁ、せっかく始めたんだから何があってもとことん最後までやれよ」

「そんなのわかってるよ」

「そうか……例のハーバードってやつはうまくいきそうか？」

親父は、僕が渡米の日に言った「ハーバード」という言葉を覚えていてくれた。

「編入した学校でもいい成績を保って、それからどこかに就職して何年か経ったら絶対に行く。でも道のりは長い。世界のトップが集まるところだし、そう簡単には入れない。だけど絶対に行く」

「そうか、いいじゃないか」

親父は満足そうだった。

「もう一つの方は？」

もう一つの約束「アメリカで何か一番になってやる」ということ。

それもしっかり覚えていてくれたんだ。

「それは正直、まだ何で勝負すべきなのかわからない。ようやく英語が喋れるようになってきたところだから、これからゆっくり考えていくよ。でも、絶対にやってやる」

親父は嬉しそうに鼻をならして、言った。

「とことんやれ。骨は拾ってやる」

「うん」

親父は少し沈黙した後、すっと短く息を吸うと、言った。

「あのな……さっき母さんには話したけどな……」

先ほどの面会時間で僕と妹が部屋を一五分くらい出ている間に二人でいろいろ話していた。

「母さんには、話したけどな、あれ、そういうことになっても、お金の心配はしなくていいぞ。なんとかなるくらいは残せているはずだ」

僕は親父が絞るように切り出したセリフに茫然とした。

「そういうこと」なんて、そんなこと言わないでくれよ。

僕も親父がもうすぐいっちゃうことはわかっていたけど、親父の口からそんなこと言われるともう涙を止められそうにないよ。僕は全身全霊を振りしぼり、涙をこらえて努めて平静に言った。

「ああ」とだけ。

「だから、留学やめるなよ」

「うん」僕の涙腺の決壊は時間の問題だった。

そんなこと百もわかっているよ。俺に任せてくれよ。親父、もういいよ。心配しないでくれよ。

親父は、「また少し寝るわ」と言って、すぐにすぅーっと寝息を立て出した。

親父が起きないだろうと確信を持てるまで僕は息をひそめていた。それから病室を抜け出し、誰もいないロビーに行くと上を向いて涙をこらえた。


朝、親父は五時に目を覚ました。

親父は口の中がべたべたしているので歯を磨きたいと言い出した。

僕はうがいだけにしとけばと言ったが、磨くという。

親父は上半身をがばっと起こした。上半身を起こしただけでハァハァ言い始めていたが、僕が渡した歯ブラシで念入りにかなり真剣に歯を磨いた。

三分くらい磨いただろうか。よし、と親父が言ったので、コップに水を入れて渡すと、今度は念入りにうがいをし、僕がベッドの上で押さえていた洗面器の中にうがいした水を吐き出した。何回もうがいをして、よし、と言うと「さっぱりしたわ」と言って上半身を倒した。それだけで相当ハァハァしていた。

少しすると今度は小便をしたいと言い出した。

僕が尿瓶を取ってやると、「それ押さえていろ」と言うとむくっと上半身を起こし、ベッドから降りて立ち上がった。

「なっ!?」当然寝たままするると思っていた僕が唖然としていると、僕が押さえている尿瓶に向けて小便をしようとした。

すでに立ち上がっただけでゼイゼイと言っていたので、さすがに僕は、「親父、やめようよ。やばいって」と促したが、「うるせえ」と言うと親父は小便を放ち始めた。

小便すると体温が奪われるのか、体力が奪われるのかわからないが、いずれにせよ息も満足にできない人が立ち小便なんて自殺行為だ。

僕は泣きそうになって親父の顔を見た。やめろ、やめてくれと言いたかった。

親父は、「このやろう、小便くらいしっかりさせろ」と自分で自分の体に喝を入れているようだった。

そうか。しっかりやりたいんだ。

歯磨きも、小便も。最後になるかもしれない、こういった普段の生活のなんでもない行為をしっかりやりたいんだ。僕はもう何も言わなかった。

長い長い小便が終わると、親父はベッドに戻った。

今度のゼイゼイは大きかった。そしてまったく小さくなる気配を見せなかった。

大きく肩でゼイゼイしている。きっと酸素をいっぱい使ってしまったのだ。そして悪い肺からはその酸素の供給が間に合わないのだ。

僕は親父に言った。

「親父、看護師さん呼ぼう」

僕はナースコールをしようとした。

親父は、静かに押し殺した声で言った。

「呼ぶな。いい。これくらい大丈夫だ」

「何言ってんだよ。そんなこと言ってる場合じゃないじゃん。早く来てもらおうぜ」僕は無理にでもナースコールを押そうとした。

「馬鹿野郎、まだ早いじゃないか、周りに迷惑かかるんだ。六時が起床時間だからそれまで待て」

「何言ってんだよ、親父」

それこそ、文字通り死ぬほど苦しいんだろう？　周りがどうこう言っている場合じゃないだろう？　こんな緊急時なんだ。誰を起そうがかまってられるか。

「ダメだ、呼ぶ」と立ち上がろうとした僕の手をがちっとつかんだ親父は言った。

親父は鬼のような顔をしていた。ゼイゼイ言いながら。

一瞬ゼイゼイを押し殺し、「大丈夫だ」と言ってみせた。「心配すんな」親父は付け足した。


僕は六時の起床の音楽がなると同時に看護室に飛び込んでいった。

看護師さんが飛んできた。

当直の先生が来た。

親父の口に透明がかった緑色のプラスチックのマスクがはめられた。マスクからはホースが伸び、それに濃い酸素が送られているようだった。親父のゼイゼイは、それをかけて少しするとおさまっていき、やがて普通のペースで穏やかな息をし始めた。そしてまた眠り始めた。

母ちゃんと妹が駆けつけてきたので、僕はいったん親父の病室を離れ、病院にあった床屋に行って、まだ早いけれど髪の毛を短く切ってもらった。

病室に戻ると、母ちゃんと妹が目を真っ赤にしていた。親父はまだすやすや眠っていた。僕は部屋の隅にあったパイプ椅子に腰を下ろした。

どうやら「危篤」という状態を宣言されたらしい。

母ちゃんはいろいろなところに電話をかけなければならなかった。

婆さんが来た。親戚一同が勢ぞろいした。親父の親友たちが駆けつけた。

皆、短い時間だけど病室に入り、親父に声をかけていった。

親父は僕に命じてハンドルを回してベッドを起こさせた。

近所に住んでいる従姉妹の姉妹が「おじさん、がんばってね」と泣きながら言った。

大阪から飛んできた親戚のおばさんが「がんばらなあかんで」と涙声で言った。

親父の大親友の川島さんは、ブルドッグのような顔をくしゃくしゃにして「馬鹿野郎、何やってんだよ」と親父に悪態をたれた。親父は「うるせえ」と短く言った。「ふざけやがって、われがいなくなったら連れがいなくなっちまうじゃねぇか」川島さんはかろうじて涙をこらえていた。

親戚のおじさんが「かっちゃん、大丈夫だからな、大丈夫だ。何も、心配するな。大丈夫だ」と連呼した。親父は、本当にすまなそうに「すんません」と繰り返した。

看護師さんが見舞いを禁止した。

僕は部屋を出た。病室の中は母ちゃんと親父だけになった。

一〇分くらいすると、母ちゃんが「お前たちもお入り」と僕と妹を病室に迎え入れた。

親父は、「そうか、なんか違うと思ったら……さっぱりしたじゃねえか」親父が、僕が今朝方髪を短く切ったことに気がついたようだ。「その方がよっぽどいい」と言った。そして親父は妹にも「お前も、その髪型の方がいいな」と言った。

その一言が妹の限界だった。妹はダムが決壊したような勢いで声を上げ泣き始めた。お父さん、お父さんと大声で親父を呼びながら泣きわめき続けた。

母ちゃんも泣き出した。

妹は、お父さん死んじゃいやだ、死んじゃいやだ、お父さん、もう、お父さん死なないで、と大声でわめいていた。髪型なんてどうでもいいんだから、死なないで。

「死なないで」

この言葉は、僕たちは親父に癌を告知していないだけに容易に言えない言葉だった。ついに妹が言ってしまった。いや、言うべきだっただろう、誰かが。きっと妹も親父といろいろ話がしたいだろうと思い、母ちゃんを伴い僕は外に一度出た。病室からは妹の泣き声がとぎれとぎれに聞こえてきた。

やがて看護師さんが来て、病室の前に集まっていた皆を待合室の方に誘っていった。

そのとき、妹が病室から飛び出してきた。

「お兄ちゃん、看護師さん呼んで、先生呼んできて！」妹の叫びが廊下に響いた。

親父はプラスチックのマスクからの酸素では間に合わないようにゼェゼェしていた。

看護師さんはすぐに来た。二分で主治医の先生が来た。

主治医の先生は親父に問いかけた。

「どこがつらいですか？」

親父は首を横に振った。

そんな親父を数秒見つめた。先生は何かメモリのようなものを調整すると案外さっぱりと言った。

「また呼吸がつらくなったら呼んでください」

そう言ってあっさりと病室を出ていった。

ただ、先生は僕と母ちゃんを目で部屋の外に呼んだ。

先生は言った。

「もう、我慢できる限界を超えています。モルヒネを打ちますがいいですか?」

母ちゃんは、ビクンとした。

そして、少ししてから「そうしてあげてください」とか細い声で言った。

先生はうなずくと、いったん医局に戻っていった。

病室に戻ると妹が泣きはらした目で不安そうに僕たちを見た。

僕は妹を外に連れ出し手短に説明するとすぐに病室に戻った。

一〇分ほどして先生が戻ってきた。

先生は、親父に語りかけた。

「貴方は本当に強い人だ。普通の人間だったらとっくにまいっている。貴方はまだ戦うつもりでいる……。でもね、もう十分戦いました。貴方は病気に勝ちましたよ。これ以上は医者としてほおっておけません」

親父は先生を見つめていた。先生は続けた。

「モルヒネを打ちますよ」

親父は数秒考えた後、聞き取りにくい声だったけど、こう言った。

「あと少し待ってもらえますか?」

先生は親父を少し見つめた後、「はい」と部屋を出た。

親父は、ゼイゼイしていたが、マスクを自分で外した。そして、母ちゃんの方を見て言った。

「おい、お前はおっちょこちょいだから、何をするにも気をつけろよ」

母ちゃんは慈悲の目で親父を見つめ、うんうんと大きくうなずいていた。

「それからお前たち」と僕と妹に語りかけた。

「お前たちは、人に後ろ指をさされるようなことだけはするなよ」

妹が再び大声で泣き出した。

お父さん死なないで。私たちをおいていかないで。私来月から大学生になるのよ。大学出たらどうすればいいの？　私の結婚式はどうするの？　わーんと大きな声で泣きじゃくった。

親父は困ったように母ちゃんと僕を見比べ、妹に向き直ると、

「お父さんもずっと応援しているから、がんばりなさい」と妹に優しくほほ笑んだ。

そして親父は僕を見た。

僕は親父に言った。「大丈夫だよ、親父」

「母さんと、この子をよろしくな」

「そうか」

「うん、任せてくれ」

「あと、昨日言っていたやつ、がんばれよ」

「ああ、絶対にやるよ」

「ふん」親父は嬉しそうに鼻を鳴らした。

主治医の先生がモルヒネを打った。

親父はもう一度僕たちを見渡した。

親父の目に少しだけ涙がたまっているような気がした。

親父は僕たちを見まわした後大きくうなずくと、すうっとゆっくりと眠りに落ちていった。

僕のダムは決壊した。親父を大声で呼びながら大声で泣いた。

親父、俺、親父のこと尊敬してたんだ。大好きだったんだ。一度も言ったことのないそれらの言葉を胸の中で叫びながら。

親父が一瞬ほほ笑んだ気がした。

それから数時間後、大事な人たちに見守られながら親父は息を引き取った。

平成六年三月九日午後九時三九分。

麻雀で最強の親父は、三・六・九（サブ・ロク・キュウ）と最後までしっかりと筋を通してこちらの世界を後にした。

親父の生きざまも死にざまも僕の心に大きく刻み込まれた。

親父は僕の心の中で生きていく。そう思った。

そして、誇るべき親父との約束は死んでも果たそう、そう心に誓った。

# 第7章

# 西から東へ

ポートランドでジョーダンという最高のウィングおたくと知り合うことができた僕は、モンタナ州というド田舎の小さな街に立ち寄った。

僕が大学三年と四年を過ごした大学での親友、コンスタンティンという男に七年ぶりに会うためだ。コンスタンティンは大学卒業後医学大学院に進み、それまでかかった高い学費のローンを返すために、医者が慢性的に足りないこの片田舎で勤務を始めていたのであった。医者というまともな職業についたコンスタンティンは、だがしかし、相変わらず冗談好きで陽気な男だった。

＊　＊　＊

親父の初七日の後にアメリカ留学に復帰した僕のもとに、一通の手紙が届いていた。編入希望先からの合格通知だった。

将来ハーバード・ビジネス・スクールに行くためには、それなりに教育の充実した大学を卒業する必要があった。僕が次に選んだ大学は、バージニア州にあるアメリカで一番か二番に古いという伝統校。勉強したかった国際関係学の分野もなかなか充実していた。

夏には圧倒的な量の緑が生い茂る広いキャンパス。威厳に満ちた古めかしい校舎。音楽を聴きながらランニングをしている学生。ベンチに腰かけ哲学者のように読書にふけっている者。すべてが「これぞアメリカの大学」といったところだった。そして、なんとあのコウイチも、同じタイミングでこの大学に編入してきていたのだ。

僕は、すっかり新しい大学が好きになった。

そして、早速妙にウマが合う一人の男と出会った。それがこのコンスタンティンだった。

コンスタンティンは学校で一番人気のＤＪだった。ガンガンの音楽と露出度の高い学生たちが酒を飲みながら踊りまくっている新入生勧誘パーティーで、僕の肩を突然ぐいっとつかんで「もしかして日本人？」と嬉しそうに話しかけてきたのが、この男だった。幼い頃両親とギリシャから移ってきたギリシャ移民一世、僕と同じ三年生になるコンスタンティンだった。

驚いたのは、この大学には空手部があり、ＤＪコンスタンティンも空手をやっていたことだ。ボブの町の道場ではなくて大学の空手部。ＤＪコンスタンティンはもうすぐ黒帯で副主将。さらに驚いたのは、この大学の空手部の流派が、僕の日本の道場と同じ流派だったことだ。無理やり連れていかれた練習で僕は奇跡を見た。近所に住む四段の達人空手家がボランティアで教えているこの大学の空手部は本物だった。僕の所属していた空手道場の流派は、日本では大看板の老舗であり、数十年前から全世界へ進出していた。数十年前アメリカに渡った空手は、その達人と弟子たちによって、伝統のままの姿でこの地で根付き生き続けてきたようであった。

空手部の主将はダモンという長身の白人の学生で、二段という上級者で僕やコンスタンティンと同級の三年生。この主将ダモンとＤＪコンスタンティンに執拗に誘われた僕は、週二回の練習限定ということで空手部に参加することにした。

しばらくすると、僕とＤＪコンスタンティンはルームメートになり、カフェテリアから近いこぢんまりとした寮に住み始めた。そして隣の部屋には空手部の他の仲のいい奴も越してきて、その男やその男のルームメートや寮長とかと毎日一緒に飯を食べるようになった。まさに同じ釜の飯を食うといった感じだ。いろいろな話をし、彼らの話から僕はアメリカという国、アメリカ人という人種を深く知っていった。驚き、そして楽しかった。学生間のくだらないゴシップ話、家族の話や恋人の話、それから将来の話などいろいろ話した。最初の大学のときから毎日必ずカフェテリアで飯を食べ続け、寂しい思いもたくさんしたが、ようやく僕は、自分の食卓を見つけたのであった。

そんなある日、僕に、アメリカに来てから最大の難題がのしかかった。

それは、主将ダモンからの提案だった。

「みんなで全米大会を目指さないか？」

毎年、この流派の空手の全米大学選手権があり、東海岸の地区大会で勝って代表になれば全米大会に出られる。その大会にこの三人で団体戦で出ようという誘いだった。

ＤＪコンスタンティンは「全米大会」というミーハーなキーワードに反応し、ノリノリで乗り気になっていたが、僕はとんでもないと思っていた。

「なんで突然そんなことを言い出すんだ？」

主将ダモンは、先日一人で参加した空手の合宿で、本部道場に来ていた日本人大学生に目を殴られて大きな青タンを作って帰ってきたのであるが、その青タンの悔しい思いを正式に晴らしたいということと、大学時代の挑戦としてこの三人で何かを思いっきりやってみたいというものだった。

主将ダモンの気持ちもわかったが、僕は当惑していた。大会に出るとなるとかなりの時間を取られる。週末の試合だけではなく平日もほぼ毎日走り込んだり、トレーニングしたりしなければならないだろう。すでに勉強やら何やらで相当忙しいのだ。いや、もっと大きな問題は、試合に出るとなるともう一度眼をこっぴどく殴られる可能性がある。僕は日本で最後に出た試合で思いきり目を殴られ、目の周りを覆う眼窩という骨が粉々になる大怪我をしていた。五時間に及ぶ全身麻酔の手術を経験した僕は、医者の先生からもう一度殴られたら失明するかもしれないと言われていたのだ。さらに、もう一度同じところを殴られた場合、手先が不器用そうなアメリカの田舎の外科医がまともにくっつけてくれるとは思えなかった。

失明を覚悟で試合に出るのはクレイジーだ。

ただ一つだけ間違いなく言えるのは、僕が出なかったらこの三人ひと組の団体戦で僕たちの大学には勝ち目がないだろうということだった。当然僕が入ったからといって勝てるとは限らないが、僕が加わらなければ、おそらく万に一つも勝ち目はないだろう。ただ、失明する危険を冒してまでやる必要があるのか？

僕はすごく悩んだ。

仲間である主将ダモンやＤＪコンスタンティンの気持ちに応えたい。皆で何かやりたい。でも失明の危険を冒すのはやりすぎなのではないだろうか。

実は、これは後から、つまりハーバード・ビジネス・スクールで聞いた話だけれど、著名な教授が自分のことを話してくれたことがあった。

それは彼がまだ大学生のときの話。

大柄な彼はバスケットボールをやっており学校でもエースだったらしい。彼らのチームは相当強く何かのアメリカの大会で優勝して欧州選抜と試合をすることになったそうだ。ただ、その試合の日が、彼が信仰している宗教では「休息の日」と決められていた日だった。つまり試合に出るなんてとんでもない日だったのだ。

一方でバスケットの大会は彼が出ないときっと負ける。

彼はどうするべきかとことん悩んだそうだ。

真剣に悩んだすえ、彼は結論を出した。

休息を取ることにしたのだ。

その教授が言いたかったのは、チームより個人的な事情を優先させろということではない。

何か大事な岐路がきたときには、しっかり自分なりの回答を持ち、自信を持って行えということだ。

当時、その教授の話は知る由もなかったが、僕はこの空手の試合に出るかどうかという問いにしっかり答えることができるのかが、僕が本当にこのアメリカという地で生きていけるのかを問われているような気がしていた。

なぜなら、この究極の答えを出すには自分の価値観、つまり自分にとって何が一番大事なのかを突き詰め、そしてそれをしっかりと周りの人間と共有しなければならないからだ。

そんなとき、僕が考えたのは、親父が亡くなった日のことだった。

親父は最後の朝、ゼイゼイ言いながらも歯をしっかりと磨き、ふらふらしながらも自分の足で立って小便をした。そして他人に迷惑をかけないように死ぬほど苦しいなかでも起床時間になるまで看護師さんを呼ぶのを控えていた。死ぬほど苦しいのに見舞客の皆さんに頭を下げまくっていた。

その親父の姿が瞼に焼きつき、僕はあれから何度も考えていた――親父の価値観はなんだったのだろう。

周りに気を使うことが親父の価値観だったわけではないと思う。

親父は、若い頃から野球一筋だったこともある。何かにのめり込むとそれを極めるまで自分を追い込むところもある。親父の価値観は、多分「とことんやること」だったのだ。

だから、癌という病に対して人生最後の戦いとして挑んだのだろう。

癌ごときで決して普段からやっていることを変えてなるものか。

だから痛いとかつらいとか苦しいとか最後まで一言も言わなかっただけでなく、歯磨きも小便も、起床時間前に騒がないことも、すべていつもの通りやろうとしたのではないか。

死という恐怖や痛み、人間という動物にとって最大の負のものに面していながらも、「とことんやること」を信条に最後の最後まで戦い抜いた親父。それは多分凄まじい戦いだっただろう。

その荒れ狂う戦いを心の中に押し込み、周りには一切気取られないように普通にしていた。母ちゃんや妹には自分の病名さえも知らないふりをして平静を装っていた親父を思い出したとき、僕はなんだかわかった気がした。

熱いマグマを分厚い殻で隠した親父。これこそ僕たち日本人の生き方そのものではないか。

僕たち日本人は多分、ものすごく熱くて、ものすごく愛にあふれた人種なのかもしれない。

極東という地域に宿る磁場がそうするのか、先祖様からのＤＮＡなのか、四季を持った島国という特殊な環境がそうするのかはわからない。でも僕たちは古からとてもとても熱い人たちだったのではないか。

それが、あんなに狭い国土で肩寄せ合いながら生きていく。その社会を円滑に回していくために、いつしか皆、情熱や愛を胸の内に秘め、その情熱を分厚い殻で覆いそれを押し込めることにしたのではないか。

そして、心のコアを分厚い皮で覆った僕たちは、自分の考えや感情を高らかに宣言して回るより、以心伝心、人の気持ちを察するというコミュニケーションの形式を発達させた。だから、自分の心の内をさらけ出して正直に相手と話し合うアメリカのやり方が苦手なのだ。いじめられっ子のルームメートのトムとの衝突をはじめとして、僕もなかなか慣れることが大変だった所以だ。

そして、相手を思いやるために「以心伝心」の文化を醸成させた僕たちは、自分の考えを主張するよりは、何か共通の概念や価値観で社会全体がふんわりと覆われている状態を好むようになったのではないだろうか。全体の調和と社会の安定を達成できるのであれば、浮世で個々の価値観を鋭敏に形づくり、それをお互い表現しぶつけ合って認め合いながら生きていくより、社会全体の大きな流れに価値観は任せて、それを共有して暮らしていく形をよしとしたのではないか。

ランキングが異様に有難がられる。何にでもランキングをつけ、つけると安心する。大学は、東大からの偏差値の序列、企業の序列や、おいしい店の序列といった「地位」が皆で共有できるからだ。それだけではない。倫理や道徳、善悪に関するものまでいろいろな価値観も長い時間をかけて形成され、それらが大気のように社会全体を覆い、川の流れのように、時にはゆるやかに、時には激しく、行くべき道を示してくれる状態となっている。逆に強烈で独特な価値観を持つ者が排除されるきらいさえある。価値観は社会全体でひねり出しており、つまり、貴方の価値観は何ですか？と聞かれたり、個々の価値観を突き詰めていく機会は少ない。

そして、そんな情熱を分厚い殻で制御している日本人社会の中でも、きっと僕の家系は、親父も母ちゃんも多分情熱がさらに人より大きすぎて、それをもっともっと分厚い殻で覆っている人たちなのではないかと思った。強烈すぎて表に出せない。だからそれを分厚い殻で覆い、他人に対して極端に自己主張をしなくなる。言葉のコミュニケーションに任せず、「以心伝心」に極端に頼るようになった人たちなのではないか。

強烈な情熱という血を受け継いだ僕は、小さい頃からそれを閉じ込める分厚い殻を形成するのに苦労して、外の世界と交流することがなかなかうまく折り合いがつけられずに、人に自分の思っていることを伝えるのに苦労したり、生意気だと思われ教師たちからぶん殴られ続けてきたのかもしれない。

ただ、アメリカの社会で生きていくのであれば、その殻を捨てていい。つまり、情熱を覚醒させていい。もうここでは情熱を殻で覆わずに、自分の価値観を突き詰め、それに従い生きていけばいい。

それに気がついたとき、心が少し軽くなった。

そして自分が一番大事にしているもの、つまり自分の価値観というやつにすっと行きついた。

「やっぱり仲間と一緒に戦いたい。仲間と何か目標に向かって突き進むのが一番楽しい」

野球はそれほど上手じゃなかった。でも野球部の仲間、あいつらととことん何かをやる、あの世界は大好きだった。

それがわかったら迷うことはなかった。

僕は、主将ダモンとDJコンスタンティンと空手の全米大会への出場を目指し、戦うことにした。

相変わらず忙しい勉強の合い間を縫って僕たち三人で猛特訓をした結果が実り、一年後、空手部主将ダモンは、宿敵であった本部道場に通う日本人学生を怒涛の突きで三メートルくらいふっ飛ばす快勝で復讐を果たした。そして僕たちのチームは地区大会を勝ち上がり、念願の全米大会への出場を勝ち取った。

さらに、その勢いのままサンフランシスコで行われた全米大会に乗り込み、結果、僕たちのチームは全米優勝を遂げた。

突き上がる感動とともに僕は確信した。

自分の価値観に、自分の情熱の声に従うことの素晴らしさを。

——ただ、このとき僕は全米ナンバーワンになっていたのだけれど、なぜか、これで親父との約束を果たした気にはなれなかった。ものすごく価値のある勝利だった。チームで勝ち取った素晴らしいものだった……。

でも、なんだかうまく整理できなかったけれど、これは少し違う気がした。

案の定、というか、その後も例の野球の悪夢からは解放されなかった。

＊　＊　＊

ＤＪコンスタンティンとの七年ぶりの再会で、あの頃の失明のリスクを冒してまでも自分の価値観に愚直に従い、進んでいた青くて若かった想いを思い出した。

二人で久しぶりに酒を酌み交わした。

「しかし、本当にハーバードに行くとはな」

ギリシャ系のコンスタンティンはラキというクリート島のものすごく強い酒をふるまうのが好きだ。というか、毎回飲まされて次の日は必ず強烈な二日酔いで死ぬ。

「自分でも驚いているよ」

僕は受験の苦労話や泥臭かった経緯を話した。

「まあ、おおかたそんなことだと思ったけど、まぁ、よくがんばったな」

「まあな」

「なんだよ、あまり嬉しそうじゃないな」

「いや、そりゃめちゃくちゃ嬉しい。何回も絶対に無理だと思った。周りで受かっていく人たちを見て、スマートさがない自分には縁のない世界だと思って何度もあきらめかけた」

「ま、そうだろうな」

「だから本当に嬉しい。ただ……」

「なんだ、例の全米ナンバーワンになるまでは喜べないってわけか？」

親友コンスタンティンは、僕の家族との約束のことを知っている数少ない人間の一人だ。

「いや、そういうわけじゃないんだけどさ」

「でも、たとえウィングコンテストで優勝したところで、何が待っているんだろう……って最近思うんだ」

「だけど?」

「それは、オマエが長い間してきた約束が果たされるときなんだろう」

「ああ」

「それは素晴らしいことじゃないのか?」

「いや、そりゃ十分だけど、もう一三年もやってんだぜ。いい加減、これだけ追っかけてくるってのもなんだか脳がないってゆうか。ここから何を得るんだって考えちまうんだ」

DJコンスタンティンは濃い顎髭を撫でた。何か考えているときの癖だ。

「オマエ、なんか少し難しいこと考えるようになったな」

「は? なんにも難しいことなんて言ってないだろ」

「いや、昔のオマエだったら、きっとこう言ったと思う」

コンスタンティンに心の中までCTスキャンで見透かされているような落ち着かない感じがした。

「なんだよ」僕は恐る恐る聞いてみた。

「あの頃のオマエだったら、きっとこう言った」

コンスタンティンは、ラキを一気にあおって僕の方に顎で示した。

つまり僕にグラスをあけろと言っている。仕方がないからイッキした。この酒は強すぎて本当にウェッて感じだ。

「あの頃のオマエなら、『約束は約束だ、THAT'S IT!（以上！）』って言ったはずだ」

僕は何も言えなかった。

確かに、昔だったらそんなことを言っていたのかもしれない。

「ま、とはいえ、せっかくの高給インターンシップを放棄してバッファローウィングなんてトンチンカンなものに夏休みをかけている馬鹿なところは昔のままだけどな」とコンスタンティンは続けると、再び僕のグラスにラキをなみなみと注ぎ一緒にイッキを促した。


全米一周ウィングツアーも第三部が終わりにさしかかり、ボストンからはるか離れたポートランドという街で最高のウィング屋を掘り出し、そしてウィングの盟友と知り合うことのできた僕は、ウィングの大会にかける情熱は誰にも負けないと心から言えると確信した。

ちょうどウィング選手権の選手募集が始まっていたので大会本部にメールした。

メールには、僕は日本人だけどバッファローウィングを愛していること、そして調理コンテストに出るために現在全米のおいしいウィングを食べつくすつもりで全米一周を試みているということを書いた。

反応は思ったより早かった。そのメールを送った次の日、早速僕の携帯電話が鳴った。

「バッファローウィング祭りのものですが」担当の人は低い声のおじさんだった。

僕は、今全米を旅していることとその旅の状況、僕のウィングに対する想い、そして調理は素人だけどどうしても選手権に出たい旨を真正面からぶつけた。熱く熱く説得してみた。出してくれなければ大会本部に行ってハンガーストライキでもしてやるぞくらいの覚悟をにじませて。

二日後、大会側からメールが入っていた。

「君が発掘したというポートランドのお店のホームページに、君の写真と、日本から来たウィングの大ファンということで君の情熱について書いてあったよ」と書いてあった。そして、「貴方に敬意を表してコンテストへの出場を依頼します」とのことだった。

調理選手権への正式な招待状だったのだ。

熱い片想いが通じた瞬間だった。

ジョーダンのお店のホームページを見てみた。彼と肩を組んで笑っている僕の写真が掲載されていた。ホームページはよくできていた。ジョーダンのウィングへの想いがぎっしりと詰まった素晴らしいものだった。そんな素晴らしいホームページに写真が載っていたということも後押ししてくれたに違いない。


長い長い西海岸の一人ドライブの後、ようやくシアトルに到着すると、妻と久しぶりに再会した。ボストンで別れてから、アメリカの下半分をぐるっと回ってここまで大冒険をしてきた後だったから、なんだかとても懐かしい気がした。

妻は僕が頼んでおいた日本の調味料や食材、それから先日メールで頼んだある品物をスーツケースにパンパンに詰めて空港で待っていた。

その品物とは、ハンドタイプのガスバーナーだ。ちょっと気の利いた西洋レストランで目の前でデザートに焦げ目をつけてくれたり、すし屋が炙りトロを作るときに手で握ってゴーッっと炎を出して食べ物を焼く、あれだ。いくつかのウィング屋で冷たいウィングを食べて「揚げたて」「熱いこと」が大事だと思った僕は、コンテストでは審査員が食べるまでにウィングが冷めてしまう可能性を考え、審査員に食べさせる直前に再度加熱できるバーナーを用意しようと思いついたのだった。

妻が大学時代を過ごし、今でもたくさん知り合いがいるシアトル。この美しい都市で数日過ごした後、僕らはボストンに向けて出発した。安モーテルを渡り歩き少しずつボストンに向かって旅を続けた。街で有名なウィングを食べたり、郷土料理を試したり、ゆっくりと東へ戻る旅の中で、僕たちのウィングを追求していった。

＊　＊　＊

ついにボストンに到着する日、僕は無口で運転していた。

この全米一周ウィング食べつくしの旅は、期待していたものとまったく違うものとなった。

最初は、全米のウィングを食べつくしたウィングおたくという看板を持って選手権に出してもらおうという打算的な目論見であった。

ただ、アメリカを爆走し、昔の大学に行ったり、コウイチやボブやＤＪコンスタンティンといった昔の恩人や友人に久しぶりに会い、眠っていたあの頃の甘酸っぱい想いを覚醒させた。

そしてアメリカという大地を滑走することで、スペースシャトルを追いかけることで、魂が、僕の中の何かが解き放たれたような気がしてきた。

まだその何かははっきりとした形になって現れてはこなかったけれど、一つだけ意識したことがある。

それは、今の自分、そして自分の戦い方に関する疑念であった。

そして、この疑念には直感的に従った方がいいと感じていた。

僕はそれを妻に話し始めた。

「あのさ……」

あと三時間でボストンに着くという道中だった。

「あのさ、なんか、ウィングまったく違うものにしようと思うんだ」

「え？」

「ほぼ完成してたあの味、変えようと思うんだ」

「どういうこと？　変えるって……」

「まったく違う味、新しい味にしようと思う」

「え、何か足すとかじゃなくて？」

「うん、ゼロから作り直そうと思う」

「なんで？　ほとんど完成していたじゃない」

「いや、あのウィングとは別のウィングを作りたい」

「……何かアイディアがあるわけ？」

「うん、かなり漠然としたアイディアになるんだけど、あるにはある」

「……それって無謀じゃない？　あと一週間くらいしかないんだよ。そう簡単に新しい味を追求できないんじゃないかな？」

「うん、多分、最高の味を出すなら、あのウィングをベースに少し改良するのがベストだと思うんだ」

「そうだよね、それでも変えたいと思うのはなぜ？」

僕は、うまく説明できないんだけどと前置きし、一生懸命説明しようとした。

「なんか、これまでいろいろなウィング屋の味を解析して、研究して、それで勝つために一番受ける味を追求してきたじゃん」

「うん」

「それが、違うと思うんだ」

「……研究するのが悪いってこと？」

「いや、そうじゃないんだけど、勝ちに行くことを狙いすぎて、結局できたものは例の『台風ウィング』にとても近いものになった」

「それはそうだけど……でもあの『台風ウィング』がある意味ウィングの完成形に近いものなのだから仕方がないんじゃない？」

「うん……でも、それでなんか大事なものを捨ててしまった気がするんだ」

「……どういう意味？」

「うん、ハーバードに入るプロセスだって、とことん勉強して試験の対策と傾向を練って、面接のシミュレーションをして……いや、絶対入りたかったからそういう努力をするのは当たり前なんだけど、このウィングのプロセスも、なんか、こう、仕事ってゆうか……勝つためだけになっているんだよな。なんか傾向と対策とか練っていったプロセスって……なんか受験勉強みたいな……」

「うーん、言っていること、わかるような気もするけど、そもそも絶対に勝ちたいって言ってたのはアナタじゃない」

「そうなんだよ、絶対に勝ちたいんだけど……この戦い方じゃ勝っても素直に喜べない気がする」

「なんで?」

「やっぱり猿真似だからかな」

「猿真似って……じゃぁ、どんなウィングだったら満足できそうなの?」

「自分の想いがほとばしるウィング」

「……わからない」

妻が戸惑うのも無理はなかった。

これまで僕が「絶対に勝てるウィング」を標榜し、そのなかで味の分析や研究の役割を担ってきてもらってきたパートナーだ。ここでいきなり全部振り出しに戻すと言ってもなかなか理解してくれないだろう。ふざけないでよ、と怒鳴られても仕方がないことなのかもしれない。

妻は聞いてきた。

「じゃぁ、その『想いがほとばしるウィング』を追求したら、勝てなくてもいいわけ?」

究極の質問だった。

　多分、これまで作ってきたウィングの方が勝てる可能性はある。いや、少なくともまともな勝負にはなるだろう。それなのにまたこれから新しい味を作り出すということは、勝負を捨てていると思われても仕方がなかった。

　でも、僕は言った。

「勝てる可能性が低くなるかもしれない。それはわかっている」

「負けてもいいの？　アナタの家族との、お父さんとの約束なんじゃないの？」

「いや、約束は守る」

「……どういう意味？」

「なんか、スペースシャトル追っかけてて思ったんだ。スペースシャトルの発射が見れなかったときに、ふと思ったんだ。今度フロリダにしっかり見にいこうって」

「それが……？」

「だから、ウィングで自分の思い通り戦って、想いのほとばしるウィングで勝負して、それで負けたら――」

「負けたら？」

「来年また勝負すればいいいんじゃないかって」

「来年？」

「ああ。スペースシャトルのときも、あの旅の間に見なきゃって思ってたけど、別にそれだけ見たけりゃしっかり見にいけばいいわけで、これもそれだけ優勝したけりゃ、この夏休みでそれが果たせなかったら来年また来ればいいやって、勝つまでやってやればいいやって、そうふっきれた気がしたんだ」

「それは、そうかもしれないけど……。でも、なぜ想いがほとばしるウィングじゃなければダメなの？」

「それはまだうまく整理できていないけど、なんか、そうした方がいいんじゃないかって気がするんだ」

「気がするって……」

妻は少し考え込んでから聞いてきた。

「……つまり負けるより、自分の想いがのっていないウィングで勝負する方が後で後悔しそうだってこと？」

「そうだと思う」

妻は走っている車の外を見ながら少し考えてこう言った。

「後悔はよくないわね。わかった、それでやりなよ。で、どんなウィングをイメージしているの？」

僕もまだそれを的確に表現することはできなかったが、概念だけでも伝えようと思った。

「油の湖に浮かぶ、ふてぶてしい怪獣ウィング……」

「は？」

「日本のから揚げと、トンカツの要素を取り込んだ、新しいバッファローウィング」

「は？」

「日本の味が前面に出たウィング」

「は？」

まだ霧がかった頭の中に、しかし当然のように存在するウィングを、僕は知る得る限りの言葉を使って、あきれかえる彼女に説明し始めた。


ボストンに舞い戻った僕らは、長旅の疲れもなんのその、毎日キッチンで新生ウィングの試作品を作り続けた。

時間は極端に限られている。その中でこのもわっとした僕の想いを実際のウィングに、コンテストで勝てるウィングに作り上げなくてはならない。

「日本の味」を前面に出すために、海外駐在員妻を長らくやっていて外国人接待ならお手のものの義理の母に相談したり、会社の同期でボストンに住む友達とその奥さんにもアドバイスをもらったりと、みんなであーだこーだ言いながらウィングを作り上げていった。

そしてバタバタに一週間を過ごし、僕と妻は、コンテストのためにバッファロー市へと進んだのであった。

第8章

# ウィング選手権

それにしても、その白人はでかかった。

九月の太陽を背にして立っているその白人の男は本当にでかく、軽く二メートルはあるようだった。

映画「マトリックス」の主人公がつけるような大きなサングラスをかけていた。そして「サイボーグ009」の戦士たちが着ているような赤い特殊スーツを真っ白にしたようなぎょうぎょうしい調理服をまとっていたのでピンときた――もしかしたら同じ出場者かもしれない。

ハーバードMBAの夏休みの最後の週末。

ついにバッファローウィング選手権の当日となっていた。

僕は、調理選手権の会場となるバッファロー市の野球場のどでかい駐車場に車を乗りつけていた。

そして、車のハッチバックを開けてトランク部分でウィングの下準備をはじめていたところだった。

その僕に「オマエが例の日本人か」と話しかけてきたのが、この二メートルを超える大男だったのだ。どうやら僕と同じ出場者のようだ。

少し友好的に情報交換でもするかと思い、僕は握りしめていた大ぶりの包丁をハッチバックを全開にしている車のトランクの片隅にコトリと置き雑談に交き合うことにした。

二メートルの白人はフロリダから来たそうだ。

太陽の恵みをたくさん受けて育ったであろうこの男は、陽気でとても気のいい男のようだった。

しかし、こうやって出場者を探しては笑顔で挨拶して回っているのだろうか。

――この大会、本当は友好的で楽しいものなのかもしれない。

二メートル白人の突然の陣中見舞いは、全米大会ということでいったいどんなに凄いことになっているのかと内心びくついていた僕の緊張を解いてくれた。

一〇分くらい話しただろうか、すっかり打ち解けた頃、二メートルは「よろしくな」と言ってさわやかに去っていこうとした。

ただ、去り際に聞いてきた。

「おっと、そういえば、オマエはどこで働いているんだ？」

「あ、学生なんだ。ビジネス・スクールの。ボストンにある」

そうか、とうなずいた後二メートルはこう言った。

「俺はシェフなんだ」

「ああ、ハイアットって知ってるだろ、俺はハイアットのシェフなんだ。じゃあな」

「シェフ？」

「……え？」

彼は満面の笑みでその場を去っていった。

——ハイアットのシェフ？　あの一流ホテルチェーンのシェフ⁉　ってゆうか、プロが出るなんて聞いてないぜ！

というかこの二メートル、陽気な顔をして、実は戦いの前に僕にプレッシャーをかけにきていたのか。

やはり全米大会だけある。これは間違いなく血で血を洗う鬼の戦いのようであった。

そして二メートルの作戦は的中し、すでに僕は彼の術中にハマり始め、緊張感が急激に高まってきていた。

「どうしたの？」

振り向くと妻がいた。

「いや、なんかフロリダから来たハイアットのシェフって男がプレッシャーをかけにきた」

「ハイアットのシェフ⁉」妻は目をまんまるにしてから、「アハハハハ」とあっけらかんと笑った。

「何がおかしい？」

「いや、それは強敵だなと思って。アハハハハ」

相変わらず何があっても笑い転げるうらやましい性格だ。

――それにしても、プロのシェフが出るとは……。

今日の戦いが大荒れに荒れる予感がした。

「アハハハ、しょうがないじゃない。全米大会よ。強敵だらけに決まってるじゃない」

妻に笑い飛ばされて、少し気が楽になった。

ただ、ふと顔をあげるとこのだだっぴろい駐車場の先に野球場が不気味にそびえていた。

握った手にじんわりと汗が浮かぶのがわかった。

前回バッファロー市に来て聖地アンカーバーの帰りにこの球場を見た次の朝、例の野球部の悪夢を見たが、それから約三カ月の間に何回も見た。ここにきて、あの夢を見る頻度が急激に上がっている。

なんとかなるとは思っていたが、やはり気持ちのいいものではなかった。

僕は気持を切り替えて準備を続けることにした。

時計を見るとすでに参加者が一度集まる時間になっていた。調理選手権が始まる前にいったん関係者や参加者が集まり、点呼と注意事項の共有をする時間だった。僕はウィングの下準備をいったんやめて、調理道具を整頓すると、集合場所まで歩き出した。

空がとてもよく晴れていた。

球場入り口近くの駐車場に設けてあったテントに、すでに大会関係者や出場者がたくさん集まっていた。

至近距離から巨大な球場を眺めてみた。

やはりじわっと手に汗が浮かんできた。

——ちくしょう。

僕はいったんその想いを封じ込めるとテントの中に入っていった。


テントの中は見知らぬ人ばかりだったが、僕の赤いエプロン姿を見て大会出場者と認めてくれたようで「ハーイ」という陽気な挨拶と笑顔とたくさんの握手で迎えられた。先ほどの二メートルハイアットもいた。

関係者全員の興奮と熱気、それから、我らこそウィングを愛しているんだという一体感の空気に満ちていた。そこは、なかなか心地のよい空間であった。

五分くらいいたっただろうか。

大柄で、巨大なモグラを彷彿させる顔をした銀髪の白人男性が大きな声を上げた。

「そろそろ、始めようか」

そのモグラ似の大柄の白人は今日のイベントの司会者で、ドリューという男だった。

愛嬌たっぷりのモグラ司会ドリューは、いくつかのジョークを飛ばして場の雰囲気をなごませながら、今日来てくれたことを感謝したり、大まかな大会の流れを説明しはじめた。そして関係者を紹介すると言って、大会主催者側の何人かを紹介した後に審査員の人たちの紹介をした。

審査委員は五人いた。まずモグラ司会ドリューが紹介したのは三〇代前半の若い女性。大きな目と彫りの深い顔をした肩より長い金髪の魅力的な白人女性だった。

続いて紹介されていった四人は、いずれも五〇歳前後と思われる白人のおじさんたち。

審査員用と思われる同じ紺色のＴシャツを着ており、皆一様にお腹がぽっこりと出ていた。典型的な白人のおじさんたちだ。

審査員は五人全員がバッファロー市の住人で、紅一点のその白人女性だけが料理の専門家であるものの、残りの男性四人は、市議会議員や一般公募ということで、「食べるのは任せろ」といった感じだが、料理の専門性はないとのことだった。審査員に料理の素人が多いのはなんだか心強い気がした。

審査員の紹介が終わったところでモグラ司会ドリューは、出場者は全部で六人だったが、あいにくロサンゼルスから来るはずだった一人が飛行機の都合で急きょ欠席となってしまったと言った。

ロサンゼルス。西海岸。ここ東海岸からすると反対側。そんなに遠いところから来るつもりだったんだ。やっぱりこれはものすごい大会なのだ。

モグラ司会ドリューは、「残りの五人の出場者の一人がまだ到着していないけれど四人はすでに集結しているので」と、僕たち出場者の紹介を始めた。

まずモグラ司会ドリューが紹介したのは、大柄な四〇代と思しきおばちゃんだった。ドリューによると、なんと彼女は地元の有名な料理の先生だそうだ。

クッ……一流レストランのシェフに続いて今度は料理の先生か。

めちゃくちゃハイレベルな大会じゃないか。いきなりまた強敵ではないか。

いや、それだけではない。このおばちゃんはさらに地元出身ときている。ジモピーなのである。アメリカ人は妙に地元信仰が強い。なぜか自信満々に、自分の田舎町を世界の臍くらいに思っているやからが多い。だから地元愛は強大なのだ。コンテスト中の地元の観客の熱狂的な声援も予想できるし、何しろ審査員全員が地元の人間だ。格段に有利なのは間違いない。さらに、地元ということは、ウィングの聖地で生まれ育ったということだ。小さい頃からこのウィングの激戦区で洗練された最高のウィングを食べて育ってきたのである。そのナチュラル・ボーン・ウィンガーな味覚は、ほかでは絶対養えない。

クッ……強敵だ。いきなりハイアット二メートルと並ぶ優勝候補ではないか。

料理先生のおばちゃんの紹介が終わり、いきなりの強敵登場に鼻血が出そうになったそのとき、

「遅れてごめんなさい。こんなに遠くまで車の運転してきたことなかったの」

と、大会本部テントに駆け込んできた人がいた。

その声に振り向いたほとんどの人が、その人物を視線の中にとらえた瞬間に固まっていた。僕もあんぐりと口をあけたまま七秒くらい固まってしまった。隣にいたハイアット二メートルが、ごくっと生唾をのみ込む音が聞こえた。

モグラ司会ドリューは大きく手を振って、その人物を自分の隣に馴れ馴れしく招くとそのまま彼女の紹介を始めた。彼女は「まだ到着していなかった一人」だった。

ほとんどの人がモグラ司会ドリューの言葉など聞かずにその人物に見入っていた。

彼女は金髪だった。二〇代前半のみずみずしいブロンドの白人女性だった。

マリリンモンローの目と口を少し小ぶりにしたような感じの、きれいというよりエロ可愛いといった愛くるしい顔立ちをしていた。果てしなくコケティッシュである。その笑顔だけでも一〇〇〇億ドルくらいの光線を放っているのであるが、問題はそこだけではなかった。ほとんどの男性が釘づけになったもの。

それは、その二つの巨大な桃を連想させる初々しくて重そうな胸だった。

巨大だ。

そして彼女が体をくねらすたびにプルンプルンと小刻みに揺れている。その重たげで気だるそうな二つの球体をかろうじて支えているピンク色のTシャツは、今にもはちきれんばかりだった。ミラクル級に扇情的である。

モグラ司会ドリューは彼女の調理の経歴とかを語っていたが、そんなものは誰も聞いていなかった。そんなことはどうでもよかった。皆本能的にわかっていた。このプルンプルンだけで彼女のウィングがどれだけまずかろうが、すでに彼女が宇宙的に優位であり、また、バッファローウィングというアウトローなジャンクフードの大会に、彼女が誰よりも似合っていることを。

先ほど紹介されていた四人の男性五〇代審査員たちが眼を輝かせ、鼻の下を伸ばし切って彼女を舐め回すように見つめている。審査員のほとんどがエロそうな料理素人のおっさんだったことに、今度は多大なる危惧を感じた。

ハイアット二メートルも、今にも涎《よだれ》を垂らしそうなその鼻息荒い四人のオヤジ審査員を目の当たりにし、首を小さく横に振りながら何かつぶやいた。「オーマイゴッド」と言っているようだった。

金髪巨桃プルンプルン女。

マジで本当に強敵だった。

だが、これは序章にすぎなかった。

ハイアット二メートルも、料理先生のおばちゃんも、金髪巨桃プルンプルンもかすむ強敵が、次に控えていた。

その少女は地元出身という一六歳、まだ高校生の女の子だった。ウェーブのかかった黒髪の可愛らしい女の子だったが、金髪巨桃プルンプルンのようにフェロモンを放出しているわけではない。審査員オヤジ四人組もほほ笑ましく彼女を見つめているものの、鼻の下は伸びていない。

一つだけ変わったことといえば、その少女が、父親と思しき背の高い男性に付き添われていたということだった。

モグラ司会ドリューはその父親と思しき男と馴れ馴れしくハグを交わし彼を紹介した。

「みんな知っていると思うが、彼が去年の本大会の覇者、つまり全米バッファローウィング調理選手権のチェンピオン、ラリーだ」

僕の脳天にイカヅチが落ちた。

「ぜ、全米チャンピオン」

なんと、少女の父親だった彼は元全米チャンピンだったのだ。

——こ、この男がチャンピオン。

ハイアット二メートルより背が高くスリムなその男は、地元のずっこけアメフトチーム「バッファロービルズ」のキャップを目深く被っていた。その帽子では押さえきれない金の混じった茶色いくせ毛は襟元まで伸びていた。若い頃からさぞかし女性を騒がしてたであろう、彫りが深くて小さな顔立ちにランランとした青い眼をしており、人懐っこい笑みを浮かべていた。

料理評論家の三〇代の美しい白人女性審査員もこの元チャンプに魅せられたようで、上気した顔をしていた。元チャンピオン・ラリーからは、絶対的なオーラが出ていた。

——一瞬でも神であった男。

バッファローウィングのすべてを知りつくし、飽くなき探究心と血のにじむような努力、そして幾多の幸運に恵まれて、全米ウィンガーたちがうらやむウィングチャンピオンの座を勝ち取った、ごく少数の限られたものだけが到達できる高みに達した聖人。

そしてドリューはさらにその親子を紹介していった。

彼ら親子はここバッファロー市の市民とのことだった。これも衝撃だ。つまり、簡単な構図で言うと、去年全米優勝をかっさらった地元のヒーローが、今年は自分の娘に代を譲って舞い戻ってきたのだ。

これは強敵というよりもう優勝候補ド本命だ。

まず優勝経験のある父親が指導しているわけで、味は折り紙つきのはずだ。そして、この親子はジモピーで、料理の先生おばちゃん同様、圧倒的な地元の優位性を持っている。

さらに最強なのは、この親子の醸し出す家族愛。特に父親と娘の構図で描かれる家族愛はアメリカでは最強だ。母親と息子の愛はちょっと間違うとマザコンになってしまい、母親と娘は、まぁ、お母様がお若くて仲がよろしいんですね、という路線だし、どこの国でもそうだが、手放しで抱き合う父親と息子という構図は難しい。そこへいくと父親と娘は、まさに手放しで称賛できる家族愛だ。「アルマゲドン」のブルース・ウィリスとその娘の愛が繰り広げるドラマを見れば一目瞭然。誰もが遠慮せずに美しいと涙を流して感動できるアメリカ人の家族愛。海のように大きく深い父親に向き合う赤子のように無邪気な娘。これぞ最強の家族愛。そこへきて五人いる審査員のうちの四人は五〇歳前後のこの手の話に涙ぐんでしまう年代のおじさんたちでもある。

一六歳の娘を後ろから包み込むように温かい目で見守っている元チャンプの父親。はにかみながらも「ダディーと一緒だから大丈夫」と大人ばかりのテントの中で気丈にふるまう一六歳の少女。その親子の絆。愛。う、美しい。はっきり言って僕も感動してしまった。ハイアット二メートルは無言でその親子を見つめていた。サングラスをかけているのでわからないが、もしかしたら僕と同じくすでに感動しちゃっているのかもしれない。

やばいぜ、元チャンプ娘一六歳。

この大会はやばい。最初に優勝候補かと思っていた一流ホテルのシェフ・ハイアット二メートルがかすんで見えるほどの強敵がそろい踏みしていた。しかも全員白人だ。

そこに迷い込んだただ一人の日本人、そして料理素人の僕を、モグラ司会ドリューが紹介した。

「彼が、この大会で初めての海外からの出場者となる、日本人だ」

皆が少しどよめいた。当然僕は日本人容姿をしているのだが、アメリカにいると二世や三世の韓国人や中国人がうようよしているため、単にアジア人の顔立ちというだけでは、海外から来たとは思われない。

そして「全米を一周してきた」という僕の気合いをドリューは紹介してくれた。

審査員の人も「いいね」という感じで自分たちの誇るバッファローウィングが国際的になり始めていること、またウィングを全米一周してまで研究しているという僕の熱心さに素直に喜んでくれているようだった。かなりの好感を持ってもらえたようだったが、モグラ司会ドリューがこう続けたのが悪かった。

「そして、なんと彼は、ハーバード・ビジネス・スクールの現役学生なんだよ」

モグラ司会ドリューは、どうだ、とばかりに無邪気にそう言い放ったのだが……。

反応は「微妙」の一言につきた。

渋い反応だった。

「おいおい、ハーバードの、しかもビジネス・スクールかよ」といった感じだった。折しも、エンロンというアメリカの企業のめちゃくちゃな経営が大問題になって取り上げられてから間もない頃。その企業の経営陣がハーバード・ビジネス・スクール卒業で、大顰蹙《ひんしゅく》を買った記憶もまだ新しい。この資本主義経済をめちゃくちゃにしている悪の申し子的な存在としてとらえられている節さえあったのだ。

さらに、オートバイや金髪の女の人といった感じの「アウトローなアメリカ」なイメージのウィング界からすると、エリート学校は完全に対局に位置しているものであった。エロ審査員オヤジ四人組は、「ふんっ、何がハーバードだ偉そうに」というように少し顔をしかめた気がした。

――おいおい。

モグラ司会ドリューが、一時解散、一時間後にコンテストが始まるので再び集合してくれと言った。

出場者と審査員は、三々五々散り始めた。僕は、大会運営委員の人に事前にお願いしていた水の出る調理場の場所を聞いた。下準備も大詰めに入っていたので、水の出るところで最後の詰めをやる必要があったのだ。

それは野球場の中にあるとのことだった。

＊　＊　＊

今日、この全米バッファローウィング調理選手権の会場には、妻のほかに日本人の応援団が四人もはるばる来てくれていた。車に戻ると、すでに全員が勢ぞろいしてくれていた。

まず二人は大村さんご夫妻。

そう。僕に「日本の魂を海外にぶつける」という天職に気づかせてくれた大村さん。恩人であり、海外出張に一緒に行った回数は数知れず、一時期はお互いの家族よりも長い時間を一緒に過ごし、食べ物や趣味の嗜好から仕事や物事に対する考え方まで熟知する仲にいたった年が離れた同志とも呼ばせていただきたい人だ。ウィングの開発時には常に大村さんの発明魂が隣にいてくれた。

その大村さんがこの戦いに来てくれているのは心強い。そして何より嬉しい。この年ちょうど退任された大村さんは、その記念として長らくご苦労をかけられた奥様を海外に連れていきたいと考え、僕がいるアメリカを選んでくれた。そしてこのウィング選手権のことを話すと、わざわざバッファローまで訪ねてきてくださったのだ。

そしてタケちゃんとその彼女ヨーコも来てくれた。タケちゃんはジャパントリップでも活躍した僕のハーバードの同級生、例の証券会社の敏腕営業マンにして大喰いな男。そして何よりウィングの開発では試作品のウィングを一本も無駄にすることなく食べつくしてくれた同志だ。タケちゃんはヨーコはボストンから車でかけつけてくれたのだった。

「おかえりー、どうだった？」妻のあっけらかんとした声で迎えられた。

「いや、盛大ですね」と言ったのは大村さん。

「すごいわねぇ」とおっとりとつぶやいたのは大村さんの奥さん。想像通りの包容力のある上品で素敵な方だった。

タケちゃんは「腹減った～」と決まり文句を。

ヨーコは「久しぶり！」と相変わらず陽気なヨーコだった。

僕は言った。「これはかなり強敵かもしれません」

大村さんは、人懐っこい笑みを浮かべながら「何をおっしゃる」と笑った。「大丈夫ですよ、いつもの通りやれば」と言ってくれた。

タケちゃんは、「そうそう、あのウィングはすごい。間違いない」と励ましてくれた。

少し雑談をした後、僕は下準備のためについに球場内の調理場に移動することにした。

妻は皆を引率して先に、球場の中に入っていった。


僕は、ひと足遅れて球場の入り口のゲートに立った。

野球場に入るのは高校生の時以来だ。

これから球場に入ると思うと、手に汗がにじんできた。でも、もう時間がない。僕は勇気を持って一歩を踏み出し、十数年の時を超え再び野球場というものの中に入っていった。

教えられた調理場までたどり着いた。電気をつけたら部屋の中にはステンレスの台がいくつか規則正しく並べられていた。部屋はそれほど広くなかった。

なんとか球場に踏み込んでさえしまえば慣れるかと思いきや、手に握った汗はまるで収まることがなかった。

今日ここで全米一位になれば、家族と親父との約束を果たすことができれば、このトラウマは嘘のようになくなるのであろうか。

いや、そうはならないかもしれない。これは僕が一生背負っていくものなのかもしれない。

再び球場という場所を訪れて、気づいていたけれど目をそむけてきたことに思い当たった。そう。いくら今成功したところで、あのとき野球部を去った屈辱と、それからなんといっても親父の顔に泥を塗った事実は変わらない。いや、取り戻せない。特にその親父がもう死んでしまっているからなおさらだ。

――何のために戦っているんだ。

抑えていたこの疑問が、ついに究極のネガティブスポットである野球場に来た瞬間に噴き出てきそうだった。いや、ダメだ。今はそんなことを考えているときではない。とにかく約束なんだ。目標なんだ。やらなければならないんだ。

僕は全身全霊で邪念を振り払い、下味づくりを始めることとした。精神を統一し、ニンニクをすりおろした。一つずつ、ていねいにすりおろしながら精神を安定させようとした。

七粒のニンニクをすりおろし終えた頃、僕はなんとか心の平静を手に入れていた。

――よし。

僕はいったん大きく息をすると、次の工程に移った。

透明のビニールに醤油とみりんといくつかの調味料を入れて下味を作るのだ。

分量をしっかりと計ってビニールに入れていく。最後は、そこにすりおろしたニンニクを加えた。

さらに気持ちが落ち着いてきた。

あとは玉ねぎを大量にすり、タイミングを見計らってこの下味ソースに足し、そこに切り込みを入れた大ぶりの手羽を入れてビニールごと少し揉みしごく。

僕はニンニクを入れたビニールをステンレスの調理台の奥の方に追いやると、スペースをつくり仕上げに玉ねぎをおろすことにした。材料を入れてあるスーツケースに手を伸ばし、そこから玉ねぎを取ろうとした。

ガサゴソやったとき、さっきまでとは違う汗が背筋にすっと冷たく伝った。

……た、玉ねぎがない？

僕は道具や材料を入れていたスーツケースをひっくり返して探した。

ない。

目いっぱいガサゴソガサゴソやってみた。

ない。

ない、ない、ない！

……そうか、今朝、「玉ねぎは大事だから」と忘れないようにいったんベッドに置き、そのまま来てしまったのだ。

何ということだ！

玉ねぎは不可欠だ。あの鬼の辛さを次の間で鎮める魔法のような甘さを出すための具材。アメリカ人が生でもかじるくらいの彼らの味覚の基本となっているあの具材。僕のウィングの味のすべてを調和させるある意味主役のような存在だった。

——玉ねぎがないと、ウィングが完成しない。いや、まともな味にならない。辛すぎて、味はバラバラで、とても調理コンテストに出すような品はできない。

再び時計を見た。

——コンテスト開始まであと四〇分弱。

これから誰かに買い出しに行ってもらっても、どう考えても間に合わない。

何か玉ねぎの代わりになるものがないか、ひっくり返してばらけたスーツケースの中身をあさってみた。中身をかき回しながら必死に考えてみたが……ない。

ない。玉ねぎの代替品はない。そう。探すまでもなかった。いろいろな具材をさんざん試して、最後にやはり玉ねぎでしかこの味を出せないということが結論だったのだ。玉ねぎの代替品なんてそもそもないんだ。玉ねぎがなければ、何しろ終わりなんだ。

もはや、ここまでか。僕は調理台の近くに置いてあった椅子にぺたんと座り込んだ。

なんだかとても疲れた気がした。

張っていた緊張の糸が切れた気がした。

小さい頃、親父がテレビで野球を見ながら言った。「ホームランを打たれると、ピッチャーの緊張の糸が切れることがある。緊張の糸が切れたら、もうダメだ。次の打者にもう一発続けてホームランを打たれることは珍しくない。そして、一度切れた糸は簡単にはつながらない」

僕の四カ月間にわたって張り詰めてきた糸はぷっつりと切れたようだった。

いや……なんだか一〇数年来ずっとずっと張り詰めてきた緊張の糸さえも切れたような気がした。

だいたい向いていなかった。こんな田舎猿がアメリカにまで来て。大企業だって向いていなかった。MBA受験だって。でも緊張の糸だけは切らずに精一杯やってきた。家族との、そして親父との約束を果たしたかったから。無謀な約束だったけれど、絶対に果たしたかったから。

けど、親父はもう死んでいる。

そう、死んでいるんだ。

これからいくらがんばったところで、生きていたときに野球部を辞めたことで親父の顔に泥を塗ったことは取り返せない。

それこそ、なんのために戦っているのか。こんなことに意味があるのか。

どこかで、ずっと思っていた疑問が噴き出てきた。

でも「約束だから」「目標だから」とその疑問は封じ込めてきた。ただ長い間張っていた緊張の糸がぷっつりと切れた今、もうその疑問を封じ込めることさえ億劫であった。

いつの間にか妻が入り口に立っていた。

「どうしたの？」と心配そうに小首をかしげていた。

「……いや……玉ねぎが、なくて……」

「え、嘘？」

「……いや、ほんと忘れたみたい」

「じゃあ、すぐ手に入れなきゃ」

「……いや、無理だろ」

「え？　どうしたの？　何か方法はあるはずよ」

妻の目には強い力が宿っていたが、正直僕にはもう戦う気が失せかけていた。

「いや……そうかもしれないけど」

「……どうしたの？」

「いや……」

「どうしたのよ？　急がなきゃ」

「いや……なんだか、こんなことやっている意味がわからなくなってきた」

「……どういう意味？」

「いや、一番になりたくてやってきたけど、もう親父だって死んじゃってるし……」

妻は少し考えてからこう言った。

「あのさ、前から言おうと思ってたんだけど」

「……」

「アナタのお父さん、アナタが燃えていない野球を続けるのと、アナタが燃えられるものを始めるの、どちらを望んでいたのかなぁ」

「は?」

「アナタは燃えていなかった野球をやめて、空手を始めて留学に没頭したんでしょ?」

「……あ、ああ」

「それで燃えてきたんでしょう?」

「……あ、ああ」

「それがお父さんが一番嬉しかったことなんじゃないの?」

妻の言葉が、何だか僕の心の奥をやさしくなでた気がした。


一三年前僕が初渡米をする前に、空手の地方大会で優勝したことがあった。親父がそのとき大会を見にきてくれていたことを帰宅してから知った。

「見にいってたぞ」照れくさそうに親父は言っていた。僕の野球の試合を小さい頃からほとんど見にこなかった親父が、空手の試合を見にきていたというから僕は少し驚いた。そのときの親父の照れくさそうな笑顔が浮かんだ。

もう、あのとき、親父が喜んでいてくれたとき、すでにすべては水に流してよかったのかもしれない。

リュックを下ろしてよかったのかもしれなかった。

僕はきっと五歳のときから、リュックを背負っていた。それは、野球のプロの二代目というリュック。

最初は野球という競技が単純に好きで、親父と同じスポーツをやれることが嬉しくて誇らしくて、そんな想いだけが詰まっていたリュックに、きっと僕は勝手にいろいろなものを詰め込んでいったのだろう。親父の息子なのに大した選手ではないという葛藤やコンプレックス、親父に申し訳ないという気持ち、周りの眼のプレッシャー、いろいろなものをリュックに入れていった。

いつしかリュックはとても重くなり、肩にぐいぐい食い込んでいた。僕はそのリュックをずっと下ろさなかった。いや、中途半端で野球部をやめちまったことで逆に下ろせなかった。そして、そいつはいつしか背負っていることも忘れてしまうくらい背中にへばりつき、時折亡霊として夢に現れて僕をさいなんできた。

何かで一番になれば、その約束を果たせば、親父に赦してもらえる、そしてリュックを下ろせるかと思っていたけれど、そうではなかった。

それは僕が自分でつくり出したリュック。勝手につくり出したリュックを終わりにするのは自分の役目だった。人に認められるから、親父に赦してもらえるからではない、自分が納得してリュックを下ろすことだった。

親父は、もう一三年も前に「下ろせ」と言っていたのかもしれない。

茫然としている僕を見て、妻は「まったくしょうがないわね」と言うと携帯電話をかけ始めた。二言、三言話すと僕に携帯電話を突き出した。

「え？」

「電話、出てみて」

「え!?　ってゆうか誰？」

「いいから出なさいよ」

ぐいっと携帯電話を鼻先に突きつけられた。のけぞりながら僕は電話に出た。

「HELLO」と聞こえたこの声は、ってゆうかこの声は！

「カルロス！」

ハーバードＭＢＡの同級生のメキシコ人留学生。ラティーノの中で、いや西の世界をひとくくりにしても一番面白い奴。東の横綱のつもりでいる僕とは生涯のライバルにて大親友のお笑い屋・カルロスだった。

「なんだ、ウィングのコンテストはもう負けたのか？」

「は？」

「オマエが何か落ち込んでるらしいっていうからガハハハハ。だいたい、言ってるだろ、日本人は偽物のテキーラを大量に作って本家メキシコに迷惑かけるくらいしか能がなくて、人を笑わせたり感動させたりするのは下手だって。料理コンテストなんかやめろやめろ、どうせ勝てない」

「く、なにおぉ！　毎日辛くしないととても食べる気もおきない小麦粉すりつぶしたもん食ってるオマエらに言われたくないね」

「おっと、相変わらずアドリブがあんまりだな。もっと面白いこと言えないのか？　ガハハ」

——クッ、この野郎、調子に乗りやがって。

「おい、カル公」僕は低い声でカルロスを呼んだ。

「カ、カル公？」

「そうだ、カル公、サボテンでできた安い酒で年中酔っ払って落第ギリギリのオマエを今度ゆっくり相手してやる」

「ら、落第ギリギリって、オ、オマエ」

去年本当に落第の危機にあったカルロスには笑えない話題を出してやった。

「うるさい、カル公、黙れ。今はオマエの相手をしている暇はない。とっととデブ飯食って寝ろ」

「デ、デブ、What?」

ブチン。僕はカルロスとの通話を強引に切ると妻に携帯電話を放り投げた。

カルロスと話した僕のボルテージは針を振り切り、レッドブルを一〇本イッキしたほどの血潮が頭に上り詰め、逆流した血液が僕の脳みそを高速回転させた。

そうだ！

完全に燃える闘魂と化した僕は妻に言った。

「球場のジャンクフード、ハンバーガーとホットドッグの共通点ってなんだ！」

「ちょっと、何大声出してるのよ、共通点って、手でつかんで食べるところ？」

「それ以外で！」

「怒鳴らないでよ。って、何かをパンで挟んでいるところ？　ハンバーグかソーセージとか、ってこと？」

「そうだ。で、ほかには何を挟んでいる!?」

「ほかって、野菜？　レタスとか、玉ねぎとか、ピクルスとか……あ！」

妻が言ったとき、僕はニカッとほほ笑んだ。

「そうだ！　玉ねぎバリバリ使ってるんだ！　アメリカの球場の食べ物は！」

「そうよ、玉ねぎいっぱい使ってるわよ！」

「これから玉ねぎもらえるように球場の係の人探してくるから、オマエに一つ頼みがある」

「早く行ってきなさいよ。ってゆうか、『オマエ』っていったいアナタ何様のつもり？」

むくれる妻をなだめ、足元にあったスーツケースからてんぷら紙を取り出し妻に渡し、妻にあるお願いをした。「え？　何それ？」いぶかっていた妻に、「いいから、ちょっと説明している暇はない。みんなで手分けして取りかかってくれ」と言いふくめ、玉ねぎをゲットしに球場の調理室を出た。

グランドに飛び出て大会本部まで五〇メートルくらいの距離を疾走した。

十数年ぶりに、野球のグランドを全力疾走していた。

＊　＊　＊

すでに会場はかなりの混雑ぶりを見せていた。家族連れ、若いカップル、アウトローなおじさん軍団、ウィングおたく……いろいろな人種がいりまじり嬌声を上げながら、有名バッファローウィング屋のウィングの試食をはじめとした大会側が用意した催しを楽しんでいた。いつもは野球をやっているところに大胆にずかずか足を踏み入れること自体非日常的なことであるが、天然芝がきれいなアメリカの球場は歩いているだけで癒しになるし、グランドに立ったとき見渡せる遮蔽物のない大きな空にも魅了される。

澄んだ色の空から太陽の心地よい熱が人々に降り注いでいた。

地元のテレビが来ているのか、テレビカメラを持ったクルーが何人もいる。はちきれんばかりに集まってきた観客の一部が眺めている方にはオーロラスクリーンがあった。でかい。そこに舞台の様子が映し出されているのだ。さすがアメリカ、やることなすこと派手だ。一塁ベースのあたりがメインステージとなっており、いかにもアメリカのイベントといった感じの大がかりのステージが取りつけられていた。ステージの中央には白い厚手のビニール地でできた横断幕に赤い字で「バッファローウィング祭り」と書いてあるものが取りつけられていた。

玉ねぎをまんまとせしめ、下準備を完璧に終わらせた僕は、最後に応援団のところに行った。

このバッファローウィングの戦い。

家族や親父との約束がベースにあり、それに「バッファローウィング王になりたい」というわけのわからない啓示から始まったものではあるが、コウイチやサクラちゃんとのずっこけニューヨークウィングツアーから始まり、妻とウィング激戦区ツアー、そしてブーとの怒涛の全米縦横断に、後輩君を巻き込んだスペースシャトル事件、ボブやコンスタンティンをはじめ旧知のいろいろな人との再会と、ウィング選手権に出ると言ったときの彼らの驚きと大笑い。西海岸で知り合ったウィングおたくのジョーダンの熱い想い。日本から応援してくれた家族たち。そしてボストンで友人を含めた皆とのウィング探求。今日ここまで応援に来てくれた大村さん夫妻やタケちゃんカップル。そして、ここまで一緒に戦ってきた妻。このウィング選手権への挑戦を決めたことで、こんなにもたくさんの人を巻き込みいろいろな熱をもらってきた。

そして、皆の気持ちを背負った僕には最後の大仕事が残っていた。

そう、この最高の舞台で、自分の想いのほとばしるウィングを思いっきりぶつけて優勝を勝ち取ることだ。

僕は応援団の五名を見渡した。

皆、静かに僕の顔を見つめていた。

戦いに出ていく前の静寂さ。これから戦いに挑む前のみなぎった緊張感と熱い熱い想い。

妻に頼んでいたものを、大村さんの奥さんから手渡された。

「急いで作ったからうまくできたかしら？」大村さんの奥さんは上品な声でそう言った。

「俺も作った。ヨーコも、みんなで」ハーバード同級生で大食いのタケちゃんは言った。

僕は、頼んでいたものを手にとって、そして眺めた。

それは、てんぷら紙でできた真っ白な折り鶴だった。

そう、僕の作る和製ウィングを可愛らしいてんぷら紙で作った折り鶴の上にちょこんとのっけて審査員に出そうと急にひらめき、急きょ皆に作ってもらったものだった。

「完璧です。ありがとうございます」

僕は皆に感謝した。皆が気持ちを込めて折ってくれた鶴をビニールに入れた。そして、大ぶりのウエストポーチに、ほかの調理用具一式と一緒にていねいに収めた。

皆の視線が僕に集まっていた。

僕は言った。「やるだけのことは、やりました」

大村さん夫妻の涙腺が少し緩んでいるようだった。

熱い営業マン・タケちゃんは天を仰いであふれそうな涙をごまかした。

妻は毅然と僕を見つめていた。

「行ってきます」

最高の応援団にしばしの別れを告げると、メインステージへと向かった。

ステージでは、ロックバンドが大きな音をがなりたててライブ演奏をしていた。備えつけられた階段でゆっくりとステージに登り、振り返って球場全体を眺めてみた。

一段高いところから見下ろす球場のグランド。多くの人たちを見下ろす形になり、また、右斜め方向のバックスクリーンには大きなオーロラビジョンがあった。そこには、ステージ上のロックバンドや揃いはじめた出場者の様子がライブでくっきりと流され始めていた。

ステージ上には五人の出場者が並んで調理する長い調理台が前面に置いてあった。

すでにほかの四人の調理者たちは各々の位置についていた。

向かって左から、元チャン娘、金髪巨桃プルンプルン、ハイアットニメートル、そして次が僕らしい。その隣、一番右が料理学校のおばちゃん。

僕は定位置に収まると、ハイアットニメートルと握手をしながら言った。

「すごく盛大だな」

ステージ上から見渡すとものすごい数の人間がステージ周辺に集まりつつあった。

「ああ、俺も初出場だけど、こんなにたくさんの人が来るとは思っていなかった」ハイアットニメートルは上気した顔でそう言った。

僕は調理道具を使いやすい場所に並べ、静かに心を落ち着けた。


モグラ司会ドリューが出てきて、派手なマイクパフォーマンスとともに大会の開催を宣言した。

そして間髪入れず調理が開始された。

ついに、この夏の、いや一三年前に始まった僕の留学物語の集大成である調理選手権が始まった。

制限時間は三〇分。決して長い時間ではない。

僕はまず大ぶりの鍋に油を大量に注ぎ、それを高速で熱し始めた。

各々が調理を始めるなか、モグラ司会ドリューが派手なマイクパフォーマンスで観客たちを盛り上げている。まずは出場者一人ひとりを紹介していた。

最初は向かって一番左に位置する元チャン娘親子。僕は調理に集中しながらも意識の少しをそちらに向けていた。さすがに地元のヒーローだけあり、いきなり割れんばかりの拍手と声援が飛び交った。すごい人気だ。やはりこの親子が優勝候補なのだろう。

そして二人目の出場者、金髪巨桃プルンプルン。横目に見た彼女は、相変わらず愛くるしく扇情的でそして素直に美しかった。両手で手を振る彼女に、特に男性の観客たちが口笛を吹いたり大声で声援を送ったり、すごい騒ぎだった。金髪悩殺女に群がるトラック野郎みたいにアウトローな男たち。これぞバッファローウィングの世界観だった。

そしてハイアットのシェフ。フロリダから来た一流ホテルのシェフということで「おおー、わざわざオラが地元に来てくれてありがとう」という感じの尊敬のまなざしと感謝の念をもって迎えられていた。ハイアット二メートルはいくつかのコンテストでの入賞経験があるらしく、モグラ司会ドリューが朗々と読み上げていた。アメリカ人らしく大きく両手を振って観客の声援に応えていた。

そして僕。「日本から来た、現在ハーバード・ビジネス・スクールでMBA取得のために勉強している学生さんです」という紹介に、「お、おお、日本の方か……」遠くからはるばる来てくれたという驚きと、「ハーバードってすごいね」という感嘆と「お高くとまりやがって」という反発心が入り乱れるところで、正直、みんな少しリアクションに困り、おっ、おおおーーという微妙な反響であった。

最後の五人目の出場者は地元の料理上手のおばちゃん。さすが地元だ。これも絶大なる人気だ。特に同年代の中高年の応援が多いらしい。この人もあなどれない。ほかの三人より突出した派手さがない人だが、それが逆に不気味であり、料理の先生という「王道」を思わせるスゴみを醸し出していた。

モグラ司会ドリューがスポンサーがどうとかという話をし始めたので僕は調理に集中した。ウィングの旅でわかったこと。おいしいウィングを作るためには揚げる工程で妥協してはならないということ。だから、コンテストの制限時間である三〇分は、そのほとんどを「揚げる」こととソースに絡めることに捧げるべきである。ソースは下準備ですでに完了させていた。あとはしっかり衣をつけて揚げて、ていねいにソースに絡めるだけだ。

個人の部は「創作部門」だ。

ウィング界では毎年いろいろな新味が投入されている。アジアな味を持つアジアン・セサミ（アジア風胡麻味）なんかも人気だ。今日の出場者は、そんな新味を創意の限りをつくして作り出し勝負する。

ここで僕の作るウィングの紹介をしたい。

その名は「ゴジラウィング」という。突貫工事ながら最高級の品質を生み出した「ゴジラウィング」は、まさに日本風バッファローウィングと言っていいだろう。簡単に言うと、手羽をトンカツのように揚げて、そして最後にお好み焼きソースをベースにした奇妙な辛いソースをまとっているというものだ。

長い商社マン生活でわかったが、案外、トンカツを好むアメリカ人は多い。またハーバードで同級生たちを家に招いたとき人気が高かったのが、お好み焼きやたこ焼きだったことがヒントになった。そして、これをこれまでのウィング探求の旅で突き詰めたウィングっぽい姿に仕上げるための幾つかの特殊スパイスをまぶしているという究極のものだ。その成分・配合等については内緒だが、強烈なその辛さを瞬時に振り払うための甘みは玉ねぎに頼っていた。これは他の食材では絶対に出せない甘みを出してくれるだけでなく、アメリカ人のために味を安定させてくれる。そして、さらに究極の甘みを出すために最後には日本の代表調味料であるマヨネーズをベースにした特性ソースを添えることにしていたのである。

　そして、そんなウィングの味に厚みを出してくれる「旨み」。脳天を突き刺す縦の刺激の辛さと、舌の表面から平面的に広がる甘さ、その縦と横の世界に奥歯のあたりから躍り出て見事に立体的なものへと導くのが鶏肉本来が持つ旨み、つまり脂をたっぷり含んだ肉汁である。これがジュワッと広がるのが決め手となる。肉の脂から出る旨みをたっぷりと含んでいる手羽、つまり、できるだけジューシーで大きな手羽が僕のウィングには合っている。いくつかスーパーや肉屋をためして、ボストンの自宅から車で二〇分のところにある自然食スーパーで売っている手羽が最高にぴったりくるとわかっていたので、新鮮なものを昨日ボストンを立つ際に仕入れておいた。

　これを「ゴジラウィング」と命名し、しかもわかりやすいように怪獣の絵を描き大ぶりのワッペンにして赤いエプロンの上から胸のあたりにつけていた。

　ゴジラをはじめ日本は「怪獣」の国としても有名だ。最初に教えてくれたのは例のいじめられっ子ルームメートのトムだった。奴は怪獣フィギュアを何体も持っていた。怪獣といえば火を吹く。火は辛さを連想させ、そして怪獣はすべてをなぎ倒す力強さを象徴する。まさに、大ぶりの鶏肉をトンカツ風にぼてっと仕上げた堂々たるボディと、火のような辛さを醸し出す純日本製のウィングは怪獣だった。

どうやら油が温まりつつあるようだ。僕は、ウィングに施す最後の調理を始める準備を開始した。これは揚げる直前にやらなければならないこと、そう、衣付け。衣の素材はいろいろ試したけれど、結局日本のてんぷら粉を混ぜることにしていた。これで口当たりもサクッとし、ウィングソースと相性がいいことを発見していたのだ。

手を動かしながら周りの出場者の様子を見渡した。

右隣のハイアットは何やら白いヨーグルトみたいなものをボールでかき回していた。とんでもないものが出てきそうだった。

一番端にいる元チャン娘の動きはよく見えないが、ハイアットの右を見ると金髪巨桃プルンプルンが、せわしく動いていた。案外器用らしく、なにやら卵の殻に細工をしているようだ。あなどれない。

そして左隣りの料理の先生のおばちゃん。これは優雅にボールをかき混ぜているが、やはり混ぜ方に年季が入っているというか、中のソースがへらに絡みついているような熟練の技を見せていた。笑顔を絶やさず、おおらかに料理する姿はアメリカの母を思わせた。

やはり周りは強敵だらけだ。見ているだけで不安になる。緊張して動悸が少し速くなってきた。

でも、ここで弱気になってはいけない。びびっていたら絶対に勝てない。

僕は口の中で例のパンツの呪文を三回唱えた。

「パンツを脱ぐんだ、パンツを脱ぐんだ、パンツを脱ぐんだ」

そして自分の世界へ入るべく精神を集中させていった。

第9章

# パンツを脱ぐとき

僕がつかんだアメリカや国際社会での生き方、それは、「パンツを脱ぐ」ということ。

当然、物理的にパンツを脱ぐということではない。

心にまとっているもの、自分を無意識に防御しているものをすべて脱いでとっぱらってしまうということだ。

自分の弱いところ、恥ずかしいところ、くだらないプライドをすべて脱ぎすてて、素の自分、自分の情熱を臆面もなくさらけ出してしまうということだ。結局、真実をさらし自分の価値観にのっとって生きているアメリカ人は、いい意味で日本の幼稚園児みたいなものだ。無垢の、自分の気持ちをべろんと出して生きている。

もともと情熱がみなぎる僕たち日本人は、しかし、その狭い国土で皆が円滑に生きていくために情熱を制御しているのかもしれない。ただ、下手をするとそれは硬い殻となって自分を縛ってしまうこともある。でも、パンツを脱いで、殻を捨て去り、生のままの情熱を解放してやれば、熱い血潮の煮えたぎる日本人こそ、どんな国でもどんな社会でも通用する。僕はそう感じていた。

そして、それは海外だけじゃない、日本の社会においてだってそうだ。

弱いところも、情けないところも全部見せて生きていくことができれば、たいていのことは怖くないし、周りの人から受け入れられて、応援され、助けてもらい、結局自分が前に進みやすくなる。パンツを脱いで不退転の覚悟で進んでいけば、難しいゴールも突破できる。

すべて出してしまえ。

そりゃ自分の秘部をさらすわけだから恥ずかしいし、どう見られるのか気になるし、不安になる。でも、慣れてしまうとこれが快感になってくる。もっと言うと、パンツを脱いだ生き方ほど楽なものはない。気取ったり着飾る必要もまったくない。自分は自分。こんな自分なんだけどよろしく。あとは自分の価値観と良心に従い楽しく生きていくのさ。そう、パンツをべろーんと脱いでしまって。

事実アメリカ人はパンツを脱いだ人間を馬鹿にしなかった。

情熱を真正面から受け止めてくれる熱い奴ら、それがアメリカという社会だった。すべてをさらしてぶつかっていく者をがっちりと受けとめるところだった。

僕が初めてアメリカに渡ったばかりのとき、英語力のなさのため授業が毛ほども理解できなかった。だから僕は、授業が終わると毎日教授の部屋に転がり込んだ。「アイ・ドント・アンダスタンド・ユア・クラス（貴方の授業がわかりませんでした）」と教授室に乗り込んでいった。

恥ずかしがっていたり格好をつけている余裕はなかった。落ちれば日本へ直帰なのだ。

毎回欠かさず授業の後に部屋に来る僕に、教授たちはまったく嫌な顔をしなかった。正確に言うと授業がわからないわけではなくて、英語がわからないのだが、多分僕の殺気立った目と徹夜を繰り返して日本語訳を書き込んだボロボロの教科書に、何かを感じてくれたのだろう、教授たちは毎回要点をゆっくりとした英語でおさらいしてくれた。そして一年が終わったとき僕を表彰してくれ、奨学金までくれたのだ。

ハーバード・ビジネス・スクールでも重要だったのは、自分の情熱をとことんぶつけることだった。

ケーススタディでの発言。

論理的な考察や気の利いた意見は重宝されるが、教授が、クラスのみんなが一番聞きたいことは体重の乗ったパンチ、つまりその人の人生さえも載せている心の叫びだ。

そういった生で熱烈でむき出しの想いが解き放たれて共有されるから、ハーバードのケーススタディは生きもののように学生の心を揺さぶりその教えは根づいていく。冷徹なエリートなんかはいらない。試験勉強がうまいだけでは貢献できない。

実際ハーバードMBAに来ていた同級生たちの多くは、熱い熱い奴らが多かった。

ホッケーのオリンピックでカナダを優勝に導いたチームカナダのキャプテンは、学業からは程遠く、ハーバードMBAに来て初めてパソコンを触るというほど勉強だとかビジネスには無縁な男だったけれど、奴の命を削るような戦いの日々から学んださまざまなこと、そしてその真剣な言葉、生きざまには、クラス全員がいつも心を揺さぶられていた。

ロケット科学者よりIQの高い若いロシア人の金融工学の天才は、誰も考えつかないような発想と鋭い視点を持っていたけれど、結局奴の発言のすべてがとても優しく、一人の人間としての思いやりと、自分を等身大に見つめる真摯さに満ちたもので、クラスに本当に大事なものは何かというさまざまな気づきを与えてくれていた。

イギリス人で元全英大学代表ラグビーチームのキャプテンは言葉少なで寡黙だったけれど、仲間のために誰よりも果敢に突っ込んでいく奴だった。ハーバードMBAのラグビーチームの試合中に指の骨を折ったときは、鎮痛剤を差し出すアメリカ人チームメートに「オマエらみたいにすぐに痛み止めを飲むような女みたいな人種じゃないんだよ」と笑ってテーピングだけ巻いて戦い続けた愛すべき英国人は、007のように「ぐちゃぐちゃ言っていないで行動するんだよ」という迫力にみなぎっていた。

生き馬の目を抜くような金融界で有名だったアメリカ人は、多国籍からなるクラスにアメリカ人としてさまざまな行事を提案・実行し、ダディーと呼ばれてクラスをまとめてくれる奴だった。ダディーの献身は、決してアメリカが傲慢で身勝手な国というわけではないことを身をもって感じさせてくれていたし、アメリカ式の「思いやり」を体現していた。

そして、僕の近くの席にずっと座っていたメキシコ人のカルロス。僕と同じように大して勉強や仕事ができたわけではないが、宴会を仕切ることに関してはラティーノの中で、いや西の世界をひっくるめても誰にも負けないエンターテイナー。いつも笑いを起こしていて「おいおい、そんなに真剣になるなよ」という人生の喜びや楽しみをまとって周りをなごましていた。

熱いこと、人に優しいこと、そして自分の挫折も弱みもさらけ出すこと。

それが素直に評価される場所だった。もがいても、真剣に、熱く、優しく生きていること。

懸命に生きてきた経験、自分の弱みや悩み、失敗談、それをさらけ出し、他人と共有しそして一緒に学習していく。それが叶ったときケーススタディという授業は天を駆け巡る生き物のように真の力を発揮し、授業を超越する本当の学びが巻き起こるのである。

そんな場所だった。

学歴社会や試験勉強では得ることの難しいもの、いや、あえて言えば、果敢に挑戦して真剣に生きてもがいてそしてたくさん失敗したこと、そんな話をたくさんできる人間が必要とされている場所だった。それが失敗だらけの僕がハーバードＭＢＡに迎えられ、授業で必要とされた所以である。


僕はパンツを脱いで情熱を解き放ち、そして目を開けた。


大観衆の中で、比較的ステージの近くに陣取っている僕の五人の応援団が目に入った。

今回の戦いのパートナーである妻がいた。

わざわざ日本から来てくれた大村さん夫妻がいた。

そして敏腕営業マン・タケと陽気なヨーコがいた。

皆熱いまなざしで僕を見守っていてくれる。皆と一緒に戦っている。それが僕の好きなことなんだ。

そのとき、ふと、応援団の五人がいるあたりから、正確に言うと彼ら五人の頭上のあたりから数本の赤い色の帯がゆらゆらっと立ち上り始めるのがうっすらと見えた。

さらに周りを見渡すと、無数いる観客からも数本のいくつかの色の帯がすうっとゆっくり上り始めている。

「帯だ……」僕はつぶやいた。

どうやら今日は調子がいいらしい。

観客の興奮や満足具合が乗り移った色の帯。その束をひっつかんで、さらに引き出しこねくり回して、参加者全員を最高の気分にさせる例の色の帯だった。

どうやら今日は本当に調子がいいらしい。いつもよりくっきりと帯が見えている。無数の帯がなすゆらゆらとしたうごめきが幻想的ですらあった。

僕はそんなゆったりと動く帯を不思議な気持ちで眺めていた。

「あっ」

その瞬間、これまでもやもやしてきたもの、スペースシャトル事件で感じたあの奇妙な想いの正体がすべて氷解した。

なぜ、勝てる可能性が高い「台風ウィング和風バージョン」がいやだったのか。あえて「ゴジラウィング」で戦うという冒険をしたのか。その理由のすべてが。


それは僕が考えてもみなかったことだった。

親父との約束なんて、そんなの本当の理由じゃない。いや、当然約束は守るもので親父との約束は絶対に守る。死んでも守る。それに変わりはない。

ただ、親父との約束がすべての物事の原動力となっていたのではダメだったのだ。


忘れていた。

「人を驚かせ、感動させたい」という想い。

それがすべてであったことを。

そもそもアメリカに行きたかったのも、小さい頃、人と接するのが苦手で、でもいつか人を驚かせ感動させる事業をやってみたくて、その修業としてアメリカの大学に行きたかったからなのだ。

だから、「感動」とはまったくかけ離れた打算の産物のような猿真似の「台風ウィング和風バージョン」がなんだかいやだったんだ。

そして、あのスペースシャトルを追いかけていたときに感じていた不思議な懐かしい気持ち。あれは、純粋にスペースシャトルを見たいという自分の素直な気持ちに従っていたときの高ぶりだったのだ。素の自分の願望。それに向かった一歩だったから、奇妙な高揚感を味わったんだ。

とらわれていた。

自分で自分の役割をつくり出し、それに長い間とらわれていた。

それに僕は気がついた。

野球だって、野球のプロの二代目という役割に自分を押し込めていた。それにすがって生きていた。野球がそれほど好きじゃなければ早いうちにやめて新しい道を探ればよかったんだ。逆に本当に好きだったら、親父に直談判して練習をつけてもらえばよかった。監督に訴えて「肥やし」じゃいやだと言えばよかった。好きなら役割なんか捨ててがむしゃらにやればよかったんだ。そんな厄介を全部避けて、進みもせず、退きもせず、「野球のプロの二代目」という自分の役割に留まり、どこにも行けず、いや、行かずに勝手に行き詰まっていた。

そして、今度は親父との、家族との約束を果たす男という新たな役割をつくり出し、それをずっと背負ってきたんだ。そこから一歩も出ていなかった。アメリカくんだりまで来ていたのに、本当はどこにも進まず、最初の留学で空港で家族と別れたあの場所に、ずっと留まっていたんだ。

楽なんだ。

何か自分で自分の役割をつくり出し、その型に自分をはめて生きていくことは。

常に自分の心の衝動を見つめそれに従って生きていくことは、現代社会では大変なことだ。それは労力も、そして勇気もいるし、リスクも背負うかもしれないのだ。

それより自分の役割をつくってそれに従って生きていく方がよほど楽なんだ。


でも疲れるんだ。

役割に支配された生き方は。

楽なんだけど、その器が自分に合わなくなってもそれを続けていくとものすごく疲れるんだ。


渡米したときからつくり出した親父や家族との約束を果たす男という役割。

その役割は疲れるだけだった。そうではなかったのだ。

役割じゃない。役割に甘んじ、そこに立ち止まっていてはダメなのだ。自分の気持ちを見つめ、それがさし示す方向へ歩き出さなければならなかったのだ。


大学時代にコンスタンティンたちと空手で全米ナンバーワンになっていたけれど、なんだかしっくりきていなかったのもそれだ。空手は好きだ。チームも好きだ。だけど、あれは人から誘われて出た大会だった。僕の生の衝動が生み出した道ではなかったからだ。

今まで全力でやってきた。

でも、自分の気持ちが示す方向に意識的に、積極的に歩み始めてはいなかったのかもしれない。

きっと、今、この瞬間、僕は歩き出さなければいけないのだ。

僕は今日のプレゼンテーションのために入念に用意してきたメモを見た。そこには打算で作られた今日のプレゼンテーションの計画が書いてあった。

マンハッタンのウィングツアーのときコウイチが言った言葉がフラッシュバックした。

『メモなんて……似合わん』

僕はメモをグシャグシャと潰してポケットにねじ込んだ。

観客の頭上でうごめいている「色の帯」を見すえた。

そう、僕は、日本を代表する国際宴会術の達人。

超高性能国際宴会モビールスーツを駆使して、色の帯を引っ張り出し、人に究極の感動を与える日本の庶民。

無口で勝負師だった親父と優しすぎて損ばかりしている母ちゃんに育てられ、人づきあいの下手なことにコンプレックスを持っていたがゆえに、人の気持ちを察し、人の心に入り込み、人の感情の帯の束を引き出しぐるぐる巻きにし絶頂へと誘うこと、日本の情熱を海外へぶつけることが天職となった超国際宴会マン。

そう。今日ここへ来たのは、エンターテインメント王国と言われるアメリカ合衆国の中でも究極に位置するジャンクフード、バッファローウィングというもので、あえて人を感動させるというチャレンジをしたかったからだ。大好きなバッファローウィングで一番になって「王」となって雄叫びを上げたかった。アメリカ人達を感動させたかったからだ。

それだけの話だ。

僕は、長年の約束も何もかも脱ぎ去り、素の自分になった。

爽快だった。

天を仰いだ。

秋空に、流れていく雲が美しい。

この瞬間。自分の心の奥底に潜む偽りのない生の衝動を見つめ、絶対的な自分の価値観を認識し、それに自分のすべてを傾けているこの瞬間。パンツも役割も何もかも最後の一枚まですべて脱ぎ去った瞬間。

それは人生においてとても愛おしい時間だった。

僕は目を開いた。

――親父との古びた約束が、この最高の舞台まで自分を導いてくれた。

この勝負、絶対に勝ちに行く。

ウィングという食べ物が「揚げもの」であると説明した僕に、妻、母ちゃん、義理の母、大村さんの奥さんまで必ず言った、日本の女たちの合言葉かと思われるような言葉を反芻した。

「最初は中温、最後に高温」

僕はてんぷら粉を少し落とし油の温度を確認すると、トレイの上にふてぶてしく整列している白い衣をまとった大ぶりのウィングたちを油の湖に送り込んだ。

「行け！」

油に飛び込んだ僕のウィングたちは、小さな湖に浮き出てひしめき合う大型潜水艦たちのように、お互いにゆったりと動きながら油を泡立たせ力強く動いていた。

テレビカメラを肩からかついだお兄さんが寄ってきて僕の調理具合を電光掲示板に映し出した。オーロラビジョンに僕の鍋の中のウィングがアップで映し出された。ゴジラウィングが初めてその姿を世にさらした瞬間だった。

僕は瞑想しながら、油の音を聞き、ゆったりとうごめいている僕のウィングたちを時折確認した。周りの音が消え始め自分の世界に入っていた。

ピピッ。セットしていた僕の腕のタイマーが鳴った。僕は素早くウィングを二個ほど引き上げ、中を実際開いてみて火のとおり具合を一応確認すると、さっとすべてのウィングを油から引き上げ、油をきった。そして、そこから連続する動きとしてすぐに特性ソースを絡めていった。

開始二九分。予定通り目いっぱいの時間を使って僕の調理は終わった。

周りの出場者たちもだいたい調理が終わり、机の周りを整理しているようであった。さすが全米選手権に出てくるだけあり、しっかりと制限時間の中で調理を終えている。

そして、モグラ司会ドリューが調理終了を宣言した。

これからはプレゼンテーションの時間だ。

向かって一番左の元チャン娘から、反対側に位置する五名の審査員たちのところへウィングを持っていき、そこで審査員たちにウィングを食べさせ評価を受けるのだ。

モグラ司会ドリューの呼び声とともに、元チャン娘が、その審査員席にアプローチしていった。ウィングの皿を持つのは娘の父親――去年の全米バッファローウィング王者。まるでプリンセスのようにそのうしろを歩く元チャン娘。父親に付き添われた彼女の姿は愛らしく、そして心を動かすものだった。モグラ司会ドリューも、審査員の皆さんも、そして多くの観客のみんなもこの一六歳の少女の歩を温かい目で見つめていた。

僕の目の前を横切ったとき、彼女たちのウィングが目に入った。

ウィングの基本色であるオレンジ色。大きさも中くらいの手羽。特徴と言えば赤いペッパーらしき物体がまぶしてある程度だが、目の前を過ぎた後に風に運ばれてきたにおいを嗅いだ僕は、唸った。ものすごく食欲をそそるタバスコと酢の絶妙な組み合わせの香りだった。食べなくてもわかる。相当なレベルのウィングだ。見た目の突飛さや創作性はなかったが、その分まさに横綱相撲、王道を行くウィングのようであった。

地元のヒーロー親子の登場に鳴り響いた割れんばかりの声援が、僕の内臓をぶるんといわせた。数多くの観客が見守るなか、オーロラビジョンにも映し出された審査員たちがそのウィングを食した。

おいしいっ！　うまいっ！　そんな喝采の声が口ぐちから聞こえてきた。うん、本当にうまそうだ。口の中に唾がたまってきた。観客の大きな声援に包まれて親子は自分たちの位置に戻っていった。

そして次は、お待ちかね金髪巨桃プルンプルン。

彼女はフェロモンを大量にふりまきながらステージを横切り審査員席へ向かっていった。相変わらず美しい。そしてプルンプルンいっている。隣のハイアット二メートルが固唾をごっくんとのみ込んだ音が聞こえた気がした。

彼女が横切る瞬間に見えたウィング。それは卵の殻の下半分を容器のようにしているものにソースを入れて、そこに小ぶりのウィングを刺している、そんな可愛いものだった。若くてきれいな金髪女性が常にさらされている「おバカ」という偏見をぶっとばす、繊細でデザイン性の高い代物だった。この巨桃、なにものなのだ。

おじさん審査員全員が鼻の下を伸ばしてウィングにかぶりついていた。うまい、うまい。大絶賛の彼らはしかし、ウィングよりも巨桃を食べたそうな顔でふやけたスマイルを浮かべていた。たとえ八〇点のウィングでも一二〇点とかになってしまいそうな勢いで怖かった。一人三〇代の料理評論家の女性だけは、女同士の敵対心なのか、情けない顔をして弛緩している他の四人の審査員にあきれたのか、ぶっきらぼうに食べると、ふんと鼻を鳴らしてたんたんと点数をつけていた。しかし、もっとましな審査員はいなかったのだろうか。

男性審査員たちの大絶賛と観客席からの大きな声援に包まれて、巨桃プルンプルンは扇情的な歩き方で自身の定位置に戻っていった。

そして、味に関しては間違いないであろう、本大会においてのもう一人の優勝候補、ハイアット二メートルシェフ。

この男の創り出したウィングは、まさに芸術品と呼べた。まず大きな美しい銀製のトレイの中央には、アメリカの縦長なスイカが半分だけ切り取られ、ひっくり返して置いてある。スイカにはフルーツ・カービング、つまりナイフで模様が彫り込まれている。切り取られたフルーツの皮で描かれていたのは、二本のヤシの木。そしてその真ん中には英語で「KEY LIME DREAM（ライムの夢）」というなんともロマンティックな文字が。スイカをウィングのネームプレート代わりにしている小憎たらしい演出。図体に似合わずお洒落な男だ。

そして問題のウィングは、なんと、カクテルグラスに盛られたヨーグルトのような白いトロッとしたソースに一本一本刺してあるのだ。シュリンプカクテルという食べ物がある。カクテルグラスに氷やアクセントの野菜を入れ、グラスの周りに茹でて冷やしたむきエビを並べて出す食べ物だ。コンセプトはそれに似ているのかもしれない。

そのヨーグルト色のペイストに刺さっているウィング。

それを支えるカクテルグラス。

銀の皿にヤシの木が彫り込まれたスイカ。

そして「ライム」が基調となっているであろうと予想される夏色の味。

それを調理した真っ白い調理服をまとったフロリダからの使者。

アメリカ合衆国の北の端、カナダとの国境にあるこの北国バッファロー市の住人の誰もが、その想いを何千マイルか南へ飛ばし、南国のバケーションを夢見た一瞬だった。この創造性と演出力、ただのシェフではない。モグラ司会ドリューも興奮して司会をしながら一本食べてしまっていた。おいおい、司会のくせに。

審査員たちは、その見た目に大絶賛し、そして、ウィングにかぶりついた。うーん、うまいなぁとひとしお感激といった感じでそれを食べていた。ハイアット二メートルはニヤッと笑っていた。きっと勝利を確信しているのだろう。

そして、ついに僕の番がきた。

僕は、待機していた僕のウィングたちが載ったトレイをつかんだ。ハイアット二メートルの銀の皿でもなんでもない、てんぷらを揚げたときに油をきる格子がついている単なるアルミ製のトレイだ。しかも、僕のウィングたちは小麦色のぼてっとした姿で可愛く整列しているだけだ。卵の殻に入れてあるわけでもない。「それだけかよ」的に皆が怪訝そうに僕と僕のウィングたちを見つめた。

モグラ司会ドリューが「いったい、これはどんなウィングなんだ?」といぶかしげに聞いてきた。

僕はニコッとほほ笑み返したが、ドリューのペースで物事を進めるのはごめんだった。彼もなかなかのエンターテイナーであるが、まだまだ甘い。僕らの会社に来たら駆け出しでしかない。ここからの舞台は僕が仕切らなくてはならない。

「こんにちは。僕は日本から来ました。この栄えあるバッファローウィング選手権に日本人として初めて参加できて光栄です。えー、ところで、皆さん、日本と言えば何を思い浮かべるでしょうか?」

審査員テーブルに紙の皿を一枚ずつ置きながら審査員に聞いてみた。皆ポカンとして僕を見つめた。

「忍者、禅、てんぷら、ハラキリ、いくつかのキーワードが頭をよぎるかと思います」

突然場を仕切り始めた異国人に、審査員の皆さんも戸惑いながら顔を見合わせていた。

「では、これは何でしょう」

僕は、掌に隠してあった折り鶴を、女性審査員の目の前に差し出した。

テレビカメラが寄ってきて映そうとしたが映させなかった。なんだ、なんだ、周りの審査員だけでなく、観客席の全員が、なんだ、何が取り出されているんだ、とワサワサし始めた。

女性の審査員は、「えっ」と絶句した。

見えていない分観客は気になる。自然、一人だけ見ることができた女性審査員に期待が集まる。

何なのか、何かを教えてくれ。期待を一身に背負った女性審査員は懸命に応えようとする。

こういう瞬間が皆の興味を引き出し一体感を高めていくのだ。宴会の師匠「東京の夜の怪物君」の異名をとる大先輩が最初に教えてくれたことだ。

そういえばうっすらと薄紫色の帯が審査員席を中心にしてゆらゆらと上り始めた。やっぱり今日は調子がいいようだ。

「それって、オリガミ?」

「そう、ビンゴ!　オリガミです。よくご存じで。皆さんご存じの日本の文化の一つオリガミです」

僕は高々とてんぷら紙で作ってもらったオリガミを空中に突き上げた。

当然、オーロラビジョンに映るようにカメラクルーの方に向かって。

おおーっと重低音のどよめきが会場を支配した。そう、オリガミはアメリカでもなかなか知られている日本の文化の一つだ。

僕は先ほど審査員に一つずつ配った紙のプレートの上に一人二羽ずつの鶴を置きながら続けた。

「そうです、鶴のオリガミです。そしてもう一つ、日本といったら何でしょう」

どうやらこちらのペースが浸透し始めたらしい。

「なんだろう」「なになに?」「え、なんだ?」とお互い顔を見合わせながら僕になんだなんだと気を飛ばしている。

「火を噴くものです」

僕はヒントを与えた。

「え、え……?」

「突然海からやってきて、火を吹いて、すべてを焼きつくし、驀進していくものです」

「……ゴ、ゴジラか?」審査員の一人がそう言った。

「そうです、そうなんです。ゴジラなんです」

日本の怪獣映画はゴジラをはじめ、アメリカで人気が高い。ほとんどのアメリカ人が知っている。ウィングはやはり辛いもので、ウィング屋はすごく辛いウィングを「メガ級」とか「自殺級」とかインパクトの強い言葉を使って辛さをアピールする。そんなものより直感的な辛さのイメージで言えば、火を噴く怪獣の方が強い。

「そうです。日本の怪獣は火を噴くんです」

僕は大ぶりのウェストポーチから日本製のハンド・バーナーを取り出した。妻が日本で調達してきてくれた、例の卓上コンロに使うガス缶の先に取り付けるだけで、手に持ったまま火を噴き出す、ちょっと洒落たレストランでお客さんの前で料理を焼くあれだ。超高性能・日本製のイワタニのハンドバーナーだ。

僕は左手にバーナーを構え一気に炎を放出した。

審査員の鼻先五〇センチメートルくらいの至近距離でゴーッという炎が飛び出した。

目の前で突然上がった火のパフォーマンスに審査員一同、おおおっ！　とびびっている。

度肝はばっちり抜かれたようだ。

審査員の頭上からいろいろな色の帯がぐわんぐわんと放出されていた。どうやら審査員の興奮状態は高いところにき始めている。

「と、その前に」僕はいったん火を止めた。

このクライマックスへ行こうというときに焦らすのも宴会の極意だ。焦らされると人間の期待ははね上がるのだ。

そして今度はウェストポーチから特性容器を出した。

中身はマヨネーズをベースにした特性ソースだ。

これがウィングに甘さを与える日本の食材である。

気の利いたお好み焼き屋さんがやるように容器の口を小さく細工しておき、特製ソースを細いしなやかな生き物のように整列するウィングの表面にシャーッと、行ったり来たりかけていった。

いったん火を止めてまでかけるこの特性ソースは何なのだ。しかも、このソースのかけ方。躍動的で美しい。皆興味津々と僕の行動に見入っていた。

そして僕は大きくニカッと笑うと、再びバーナーからゴーッと炎を噴き出させた。

そして審査員のおじさんの一人に聞いてみた。

「さぁ、これから僕はいったいどうするでしょう?」

大観衆のもと突然さされた人はびびる。オーロラビジョンがそんな彼を映し出したらなおさらだ。

彼は少し周りの審査員ときょろきょろと顔を合わせると「もしかして、それでウィング焼いちゃうわけ?」と自信なさげ言った。

「そんなに難しかったですか?」と僕は笑いながら言った。皆がどっと笑い、一体感が生まれた。

ここまできたら、もう全員がウィングが焼かれる期待に胸をふくらませている。人間は火が好きだ。そして何かが焼かれているのを見ると精神的な興奮さえも覚える。さらに、ここまで焦らしているのだ。僕は審査員と観客の期待を一身に背負い、ウィングをガーッと焼き出した。

アルミ製のトレイの上で整列するぼてっとしたふてぶてしい怪獣ウィングが香ばしく焼かれていく。

やっぱり揚げものは熱々のときに食べなければならないのだ。すでに四番目の試食となっている僕のウィングは揚げたてではない。ここで焼いてあげることにより熱と表面の揚げたて感を取り戻させているのだ。そして表面のマヨネーズが溶けて焦げ出し、食欲をそそる香りを漂わせるとともに、その目の前で何かが炎で直接焼かれている絵が皆の心を、そして食欲を最大限に刺激しているはずだ。

目の前で焼かれているウィングたちに度肝を抜かれている審査員をしり目に、僕はバーナーを置くと、長めの菜箸を取り出した。

あの玉ねぎ事件のとき突然折り鶴をつくることを思いついたのは、ウィングを折り鶴の上に置いて出したら日本ぽくていいかなと思ったのであったが、そんな上品な戦い方はやめた。そんなおとなしいやり方じゃすまない。それだけでは、ハイアットや、巨桃や、元チャン娘に勝てるわけがない。

僕は、ウィングの一つ目を箸で取ると、天に向かって高らかに差し上げた。

その姿勢のまま僕は押し黙った。

ウィングを長い箸で挟み、空中に高々と上げて押し黙っているプレゼンテイターを皆「何が起こるのか」と固唾をのんで見つめていた。

沈黙が最大限に威力を発するタイミングをご存じだろうか？　七秒だ。七秒の沈黙は貴方の次の発言や行動を際立たせる。

沈黙から七つ数えると僕は菜箸でつかんで天に突き上げていたウィングを、まずは手前に座っていた男性の審査員の前の二羽の美しい折り鶴が置いてある紙皿に向かって、たたきおろした。

ドッゴンッ!!

「なっ……」モグラ司会ドリューが絶句したのをしり目に僕は言った。

「怪獣はすべてを破壊します」

グシャッと、無残に潰れた美しい折り鶴の上に堂々と陣取る僕のゴジラウィング。

審査員たちも最初は度肝を抜かれていたが、それがパターン化して美しい折り鶴が破壊されていく様を見て皆興奮してきた。破壊は興奮を呼ぶ。それがパターン化し、やっている本人、つまり僕が当然楽しいことでしょうという顔で陽気に行えば、それは究極の笑いにつながるものだ。

審査員の全員は、最後は大笑いしながら「ゴジラウィング最高！」となっていた。すでに審査員席からも観客席からも無数の七色の帯がもくもくと立ち込め、互いに絡み合い、うねりをもって高速に揺らめいていた。これ以上はない興奮状態マックスだ。

そして、僕は大声で言った。

「さぁ、食べてください」

審査員は面白いと興奮しながら互いに笑い合ってついに僕のウィングを口にした。

一口噛んだ瞬間に、皆驚いたような顔をした。「うまい」という第一声は、そこここの口から聞かれた。

だが、ウィングを食べ終わるまで次の声を発する審査員はいなかった。

最後に一人が、ぽつりと、「It's different」と言った。It's differentとは、「変わってらあ」という意味だ。アメリカ人は、自分の理解を超えたものを、It's differentと言う。自分の理解を超えるときというのは、自分が予想もしなかったくらい本当にすごいものの場合もあるが、多くが「いやー、俺には、理解できないけど、こういうの好きな人がいるんじゃない」という、つまり自分の趣味には合っていない、もっと言うと、「俺、きらい」というのを婉曲的に言う場合もある言葉なのだ。どういうつもりで言ったIt's differentなのかを聞くすべのない僕は、自分の定位置に戻った。

五人目の料理教室のおばちゃんのプレゼンが終わると、審査員五人とモグラ司会ドリューは一度ステージを離れて審議に入った。

一度ステージから離れていたモグラ司会ドリューと審査員軍団がステージに戻ってきてマイクスタンドの前へ陣取った。

いよいよ、結果発表の時間がきた。モグラ司会ドリューが言った。

「同点があり、そこを決めるのに時間がかかりました。さぁ、発表します。三位からです」

僕を含めた五組の出場者の顔に緊張が走った。

モグラ司会ドリューが始めた。

「三位は――」観客席がしーんとなった。

「三位は、親子で来てくれた地元の少女！」

三位は、元チャン娘一六歳だった。

おおお～、驚きともつかない重低音の反応が観客から上がった。

地元有利、ストーリー性ばっちり、ウィングの見た目も素晴らしかったアメリカ人親子が三位？　優勝候補と思っていただけに、これは波乱の展開となることが予想された。

モグラ司会ドリューのほっぺにキスをしてトロフィーをもらう親子。優勝には届かなかったが父親はにこやかに、そして誇らしげに娘と一緒に歩いていた。娘も上気した顔をして嬉しそうだった。ジモピーの声援が割れんばかりだった。大きな声援に惜しまれつつも、元チャン親子はステージの端へと戻っていった。

モグラ司会ドリューが続けた。

「二位は――」

皆が固唾をのんだ。

「二位は、わざわざフロリダから来てくれたシェフ！」

なんと、ハイアット大男シェフだった。

あれだけ盛り付けが創造性・装飾性に富んでいて、プロの舌を持った男が二位。

正直、創造性・装飾性、そして味とすべてが完璧であったはずだ。

ということは、優勝は？

残るは、僕、地元の料理の先生のおばちゃん、そして金髪巨桃プルンプルン。


やはりプルンプルンなのか。あの強烈な色香にまどわされていたが、よくよく見ると料理の腕はものすごいようであった。ウィングもしっかりとていねいに盛り付けをし、ソースから非常にいいにおいを振りまいていた彼女は、四人の中年オヤジのハートを射止めたのか。やはり若い女性のフェロモンは最強なのか。いや、それは失礼か、彼女のウィングも装飾性・創造性ともに抜群ですごいものがあるのだ。いやしかし、やはりあの揺れに揺れるプルンプルンが……。

「そして、今回の全米バッファローウィング調理選手権の優勝者は――」

観衆席も静かになり、モグラ司会ドリューは静かに話し始めた。

「今日、奇跡が生まれました」皆ドリューの渋い声に聞き入った。

「ウィングの世界ではルーキーと言ってもいいでしょう。その人間は、昨日まで誰も知りませんでした」

モグラ司会ドリューは、少しおいてから続けた。

「これからのウィングの世界を変えるかもしれない……いや、やはりウィングの世界は毎日進歩しているのでしょうか」

ドリューは一拍おくとカメラ目線を送った。

オーロラビジョンには彼の顔がアップになっている。

「今回、この全米バッファローウィング調理選手権の創作ウィング部門でチャンピンに輝いた人間は――」

皆の視線が、金髪巨桃プルンプルンに集中しているようだった。

「……その人間は、遠路はるばる車でここまで来てくれました。飛行機で来るお金もなかったのです」

少し黙り、また続けた。

「そんな人間が一夜で、栄えある優勝を手にする、それが奇跡であり、それがアメリカであります」

観客が固唾をのんでいるようであった。

「そのアメリカの、この地バッファローで生まれた、全米を代表する誇るべき料理の一つ、バッファローウィング。その全米調理選手権。その栄冠、優勝を手にした人間は——」

二台のテレビカメラが少しずつ金髪巨桃プルンプルンに寄っていった。

オーロラビジョンに金髪巨桃プルんプルの少し上ずった顔が映った。

「その人間は——」

モグラ司会ドリューは僕を見て叫んだ。

「その人間は、日本から来ました！」

どおーんと爆音が響くように観客席でどよめきの声が上がった。

無数の虹色の帯が一気に天まで上っていくのが見えた。

モグラ司会ドリューが叫んだ。

「Winner is NORIHITO!!!」

そして、はちきれんばかりの拍手と喝采が上がった。

# エピローグ――広島での髭ダンス

そうそう、例のジャパントリップの話をしたい。

六本木の居酒屋で幕が切って落とされたジャパントリップは、ものすごいものになった。ユウスケ率いる僕たち日本人幹事軍団全員は、不退転の覚悟で一〇日間を引っ張っていった。

ペンギンの着ぐるみが似合う強引な手腕で有名な企業買収のプロ、最年少セクシー美女・アヤは、九七ページにわたるジャパントリップのカラー版お手製パンフレットの制作をぐいぐい進めただけでなく、その愛くるしい笑顔にくるんだ強引ともいえる仕切りで、まとまりのない一四〇人の外国人軍団を整列させ引率し、常に愛を振りまいていた。

たんたん狸のキンタ〇を着こなす元ブランドマネジャーの知的美女・ジュンは、日本と海外の「センス」を完全に把握していて、僕のともすればイケイケになりすぎそうなプランを冷静に修正し、どの国のゲストたちでも最高に楽しい時間を過ごせるように気配りをしていた。

二人の美女によってトリップは鮮やかに彩られた。

三人いる東大出身男性の一人、元官僚の東大一号は黒子に扮して夜の部の複雑な裏方業で活躍しただけでなく、トリップの一つの危機で大活躍した。

外国人ゲストたちは、特にラテン系を中心にとりわけ朝が弱く、出発時の遅刻が目立ち始めた。スケジュール運営に支障が出始めた頃、四日目の朝だったか箱根の温泉に泊まったときのことだ。

僕たち日本人幹事は話し合い、これから遅刻させないための強硬手段に出ることとした。言葉の注意や話し合いで成果が出ないときは、妥当な実力行使は必要なのだ。

僕たちはその朝、遅れてくる人間を待つことなく、集合時間と同時にバスを出発させた。一応前日の宴会で明日一分でも遅れたら置いていくからなと勧告していたので、この日は相当集まりがよかったが、結局七人の外国人が山深い箱根の里に取り残されることとなった。

出発する瞬間に玄関に出てきて「待ってくれ～」とバスにすがったアメリカ人も二名いたが、「運転手さん、出してください」と涙をのんで置いていった。

日本語が喋れないパニック気味の七人を一〇分くらい反省させてから、隠れて待っていた東大一号が登場した。そこからその七人を列車で次の目的地まで引率する役目で一号が居残ったのだ。

ほっとした七人の外国人は、しかし、まったく悪びれもせず一号にクレームを言いまくったそうだ。「なぜ今日だけこんな仕打ちを」「一分遅れただけで」「俺は毎回時間通りで今日たまたまだ」噴き出るクレームに、しかし、一号はびくともしなかった。日本の官僚が「前例がありませんから」バリにすべてを受け流すと決めたら、世界で一番強いだろう。能面を張りつけ、微動だにしない一号に、さすがの七人の外国人は根負けした。

ちなみに、次の日から集合時間に遅れてくる無謀な奴はいなくなった。

ミニスカートを履くといつもよりテンションが上がる元官僚の東大二号は、全日程の移動手段から宿泊等必要なすべての予約を任されていた。リクエストの多い外国人一四〇人の面倒をみるのはとても細かく面倒な業務だ。が、二号はパソコン片手にクールにこなしていた。常に愛用のＩＢＭを持ち歩き、メガネをずり上げながらオペレーションの細部を動かしていた影の司令塔だった。

この歩くコンピューターは一度だけミスをした。京都の昼飯で、ベジタリアン食の調整をし忘れていたのだ。発見したのは僕だった。僕はその場で、「なんとかベジタリアン飯を用意してくれないか」とお願いしてみたが、「いやー、ちょっとこの段階では……」とレストラン側からは渋い返事が返ってきた。途方に暮れた僕は二号を探した。二号は席割を指示していた。「おい、ベジタリアン飯がないぞ。コンビニでなんか買ってくるか？」とあせる僕に、二号は「あ、そう」と動じる様子はない。僕のあせりもお構いなしに「ちょっと行ってくる」と静かに言うと、厨房の方に消えていった。三分後に戻ってくると「作ってくれるって」とさらっと言う。「え？」と驚く僕に、相変わらず無表情の二号。「なんで、どうやって交渉したんだ？」と聞くと「まぁ、いろいろ、あれをね、チョンチョンと……」と言ってメガネをずり上げながら語っていた東大二号。いったいどんな交渉術を使ったかはわからない。謎に包まれた男だった。

東大三号は、大活躍だった。

箱根の大宴会で尻文字ゲームをやったときだ。外国人ゲストのカップルの二人組の何組かを舞台に登らせて、こちらが出すお題を男性側がお尻でくねくねやって書き、女性が当てるというゲームだ。この尻文字ゲームはテンポよく機転の利いた弾丸英語で仕切ると盛り上がる。三号の抜群の英語力と機知で何か新たなものが生まれるかもしれないと思った僕は、一つの決断をした。司会のマイクを人に渡すということは、その場の支配権を人に譲り、自分でつくっている世界観をコントロールできなくなるので一番やりたくないことであったが、僕は三号に任せることとした。

僕が放ったマイクをヒシッと握ると浴衣姿の三号は、ミニスカポリスの帽子をかぶり直し、生き生きと司会を始めた。すぐにエンジンがかかり、次第に場を盛り上げていったが、あれは確かお題が「I LOVE YOU」という字のときだったか。フランス人のノッポの彼が一生懸命お尻で、I…L…O…V…Eと書き始めたところを浴衣が扇情的なロシア人の超美女が、何を思ったか「D…I…C…K…」と言ったところを、三号がすかさず拾い「DICK（ちんち〇）!?」と大げさに叫んで大爆笑をさらっただけでなく、ロシア人美女が「No! No! Something longer!!!（違う！　違うわ！（四文字ではなくて）もっと長いわよ！！！）」と慌てて言ったところを、「Longer Dick（もっと長いちんち〇）!?」と拾ったのは大ファインプレーだった。これは国際宴会界的にはフィギュアスケート界で真央ちゃんが五回転半のジャンプをかますのに等しいくらいの快挙だった。

そして愛すべき麻呂顔最年長商社マン・キミちゃんは、そのスリムでスポーティーなボディーには似合わず、一〇日間すべての酒を真正面から受けとめた。

今回一〇日間の宴会で行った芸やゲームは、基本的には海外の人でもわかるように視覚に訴えるシンプルなものが多い。となると、だいたいオチは大量に酒を飲んだり、ホールケーキをイッキして食べるとかいう単純ながら過激なものになるのだが、その僕が突きつけた高い要求を、キミちゃんはすべて受けとめた。例えば「髭ダンス」では、先導役で着ぐるみを着た僕と、スーツ姿に髭をつけた四人の男が髭ダンスをしながら舞台に登場する。先導役の僕がコップでビールをイッキすると、スーツ姿の四人が「なるほど～」と大げさにうなずいて、真似をしてイッキするのであるが、黒子の東大一号が渡すグラスが、四人のうち、なぜかキミちゃんだけ大ジョッキに、それもビールではなくて一升瓶からなみなみ注がれる日本酒に変わっているという要領だ。

このキミちゃんだけハマるパターンをつくり出したら、次は皆がぷちケーキイッキ食いのときキミちゃんだけホールケーキにするなど、何度も繰り返すことにより笑いをすり込んでさらに盛り上がる。しまいには、キミちゃんが登場するだけで色の帯が大量に放出されるくらいの人気者になっていた。キミちゃんはさらにそこからエンジンをかけ、毎晩二次会、三次会まで先頭を切って大活躍していた。

ウィング選手権まで駆けつけてくれた陽気なヨーコの尻にしかれている凄腕証券営業マンにして英語が苦手なタケは、スポンサー企業や訪問先の企業すべての企業との関係を取り仕切り、例年にない額の寄付金を取りつけたり、会えそうもないお偉いさんとの面談をアレンジしたり昼間の部でも大活躍したが、夜の部でもその大食いで周りを沸かせ、イケイケ宴会マシンとして重要な推進役となった。

それだけでなく、ある事件で日本の真髄を見せつけた。

京都に向かう新幹線の中で、外国人ゲストの一人が財布をなくしたと言って大騒ぎをしていたときだ。「任せろ」とタケはその外国人に下手くそな英語で短く言うと、その外国人が個別行動のときに行った場所を聴取し、宿泊したホテルから皆で宴会をしたレストラン、訪れた史跡すべてに片っ端から電話すると、四〇分で財布のありかを突き止めた。外国人が驚愕するのはそれだけではなかった。タケは拾ってくれた方に事情を説明し、次の日に宿泊する予定のホテルまで送付してもらったのだ。そして外国人は広島で自分の財布を手にしたとき、一円もお金が紛失していないことに目ん玉を飛び出させていた。外国で財布をなくしたら財布が戻ってくる確率も相当低いが、現金が戻ってくる確率は皆無に等しい。「日本では財布をなくしても、タケに頼めば戻ってくる。そして、お金は一円も取られない」。これは日本人の精神の気高さときちんとした国としての仕組みを如実に表す事件となって、外国人ゲストの間で語り継がれた。「なぜだ?」と心底いぶかる外国人に、「神様が見てるからね」と多分通じていない英語で言うタケは、とても頼もしかった。

最後にわれらがリーダー・ユウスケは、その包容力と抜群のリーダーシップで、最初から最後まで一番働き、一番笑顔を振りまき、一番気を使い、一番気合いを入れて一〇日間を過ごした。この男がリーダーとしていてくれるからこそ、皆が思いっきり力を発揮できるという最高のリーダーシップを見せてくれた。「もしレストランに行って最高の経験をした場合、そのレストランの誰かがレストランをこういう風にしたいと強烈に願い、それを実行しているリーダーシップがあるから」という話をしたが、今回のジャパントリップは、実は「ハーバードの外国人の友人たちに、我らが愛すべき祖国日本を是非満喫してもらいたい」というそのユウスケの想い、そこからすべてが端を発していたものなのであった。強烈に友達思いで、日本思いな彼の気持ちがすべての原動力で、その魂は一〇日間の全日程に宿り、僕たち幹事軍団を、そして、一四〇人の外国人学生たちを導き、一つの奇跡のトリップを創り上げた。やはり、この男は最高のリーダーだった。

僕たちは、一〇日間の熱く激しい旅を、なんとか無事に終えようとしていた。

最後の地は広島だった。

原爆ドームや平和記念館を訪れた後、広島市長と被爆者の方に登場願ってお話を伺った。

広島の市長さんは学生時代をボストンで過ごされ、英語のプレゼンテーション技術は卓越していたが、何よりも、その腹の底から湧き出る平和への願い、二度と原爆が使用されてはならないという広島の想いを、真摯で力強い言葉で語ってくださった。そして被爆者の方の実話は僕たち全員の胸を強く打った。

広島の原爆のことは、恐ろしい爆弾が投下されたという事実は海外でも当然知られているが、爆弾による実際の被害や惨状、それがどれだけ非人道的で悲惨なものであったかについては、アウシュビッツとかに比べたら知られていないのも事実だ。今回のトリップのゲスト、将来各国を背負っていくかもしれない彼らにこのことを伝えることができた。僕たちのジャパントリップの最終日にふさわしい訪問となった。

そんな最後の地広島で「さよなら日本、お別れ大宴会」を催した。

日本に対するいろいろな想いを抱いた一四〇人のゲストたちと、ここ日本の地で最後に酒を酌み交わし、腹をわって話す機会だった。エンジンがかかった後は、皆、それぞれ散っていき、ゲストたちと熱くそして遅くまで語り合った。

一〇日間、昼間は引率、夜は宴会、早朝から打ち合わせと芸の練習と、体も頭も肝臓も休む暇がなかった僕たちは、くたくたに疲れていたけれど満足だった。一四〇人の外国人学生たちが昼の部・夜の部を通して日本という国に感銘を受けていることが、ひしひしと伝わってきていたからだ。

ゲストたちは口ぐちに言ってくれた。

「オマエたち日本人が酒も飲めないなんてことは間違いだ。オマエたちは世界ナンバーワンのパーティー人間だ。昔は日本から高性能製品を輸入していた。一昔前はそれを作る技術や製造手法といった叡智を輸入していた。でも、本来僕たちが日本人から見習うべきものは、その熱き魂だった」

イタリア人の友達からは、キャンパスで行う彼の結婚式のパーティーをすべて日本人で仕切ってくれと頼まれた。世界ナンバーワンの遊び人軍団、イタリア人からその人生で一番大事な結婚パーティーの仕切りを頼まれる。もう、僕たちはおとなしい酒も飲めない人たちではなく、熱く楽しいお祭り島人として、このコミュニティでは完全に認知されたのであった。本当に嬉しかった。

その最後の夜、午前三時を過ぎ、ぽつぽつと参加者が部屋に戻り出し、閑散とし始めた頃、僕はユウスケと隅の方でちょこんと座るとお互いをねぎらい、ふうっと息をついて乾杯した。

そこへインド人のお祭り男が割り込んできた。

「おい、これ見てくれ」インド人の彼はハンディカムを僕らの前に突き出すと、小さな液晶画面で何かの動画を再生した。

「これで合っているか、見てくれ、師匠たち」と彼は言った。

「ん?」とハンディカムをのぞき込んだ僕たちは、数秒するとそれがなんなのか理解し始めた。

「こ、これは……」

インド人が真面目な顔で「昨日の夜だよ」と言い、さらに「ここからが面白いんだよ」と言った。

僕とユウスケは無言で画面に吸いつけられた。

ユウスケが大声で叫び、皆を集合させた。

散り散りになって午前三時でもタフな外国人学生たちの相手をしている日本人同級生たちが「なんらよ」と千鳥足で近づいてきた。

皆が集まったところで、インド人にもう一度その動画を再生してくれるようにお願いした。

それは夜中らしい。

ハンディカムはかなりぶれていたが、何が起こっているかが判別できる程度には写っていた。外だ。

街頭の光があるが夜だから暗い。

どこかの目抜き通りだ。

そこに七名くらいの外国人が一列になって登場する。

ジャパントリップの参加者の外国人たちだ。

ただ、その登場の仕方が尋常ではなかった。

なんとこの七名は、髭ダンスを踊りながら登場するのである。

十分酔っ払っている彼らは、どうやら夜中に日本の道路で髭ダンスを踊りながら闊歩していたらしい。

「ひ、髭ダンスだ」東大一号が言った。

最年少セクシー美女・アヤが「ほんとだ」とつぶやいた。

タケも「まじかよ」と一気に酔いがふっとんだ感じだった。

そして、髭ダンスを繰り出す外国人の七人組に、タクシーの運転手さんと思しき日本のおじさんが三名くらい寄ってくる。

最初は、その外国人たちの髭ダンスに笑い転げているが、途中から「お前ら、違う」とボディランゲッジで正しい髭ダンスを教え始める。

手取り足取り、大爆笑しながらだ。

そして最後はなんとタクシーの運転手のおじさん三名も加わった一〇人は、きれいな一列になると髭ダンスで通りを爆走し始めたのだった。

僕は流れてくる一筋の熱いものを拭うと周りを見回した。

皆、絶句していた。

ハンディカムを持ってきたインド人は酔いつぶれてうつらうつらしていたが、日本人同級生のみんなは、目をうるませていた。

そしてユウスケが上げた雄叫びに、皆で便乗して大声で勝利の鬨《とき》の声を上げた。

僕たちは勝利した。

僕たちのむきだしの情熱が、外国人たちを突き動かし、そして同胞である他の日本の人たちも巻き込んで新しい何かが生まれ始めた。何かの大きな一歩だったのだ。

僕たちは吠えた。

長い長い咆哮だった。

## P・S

あの熱い熱い夏から約一年後、僕はハーバード・ビジネス・スクールを無事卒業することができた。

あれから野球の悪い夢は一度も見ていない。

# あとがき

このたびは、本書を最後までお読みいただき、まことにありがとうございました。

実は、この物語はもう六年も前の話になります。

一年ほど前、あるきっかけで筆をとりました。最初は海外に興味を持つ方が増えれば、という想いが強かったのですが、書き進めるほどに「海外」という光を当てることにより「日本」を浮かび上がらせたい、そんな気持ちが出てきました。そうしてなんとかこの長い物語を書き終えることができました。

その直後でした。今回の大震災が日本を襲ったのは。

未曽有の被害に茫然とし、被災者の方々に言葉にできない想いを抱き、これからどうなるのだろうと不安になっていたとき、たくさんの勇気あふれる人々が立ち上がり、己をなげうち同胞のために戦いはじめました。日本中の人が自分ができることを懸命に探し実行に移しました。海外からも、これまでの日本の献身へのお礼とばかりに、たくさんの励ましや支援をいただきました。そして、一番辛いはずの被災地の方々もお互いを思いやり、手を取り合い、そして早々に力強い一歩を踏み出されておりました。そこには「海外」という補助線を引いて際立たせるまでもない「日本」そのものがある。そう感じました。

世界に支えられながら、その日本の情熱と思いやりの心、そして勇気がきっと未来を切り開いていく、そう確信しました。

最後になりますが、この場をおかりしまして、本書を泥の中から掬いだし、最後まで根気強く導き支えてくださった編集者の岩佐文夫様、また出版前の原稿を読み、貴重なご意見や応援のお言葉をくださった皆様と関係者の皆様、いつも支えてくださる皆々様に、心から感謝を申し上げます。

二〇一一年六月

児玉教仁

【著者紹介】
**児玉教仁**（こだま・のりひと）
1972年生まれ。静岡県出身。清水東高校を卒業後、1年超アルバイトで学費を稼ぎ1992年に初渡米。ウィリアム・アンド・メアリー大学を卒業。1997年三菱商事株式会社へ入社。2004年ハーバード・ビジネス・スクール入学。2006年ハーバードMBA取得後、三菱商事に帰任。2011年同社を退社し、国際社会で活躍できる人材の育成を目指したベンチャー企業、グローバルアストロラインズ株式会社を立ち上げる。

URL=http://globalastrolines.com

パンツを脱ぐ勇気
世界一"熱い"ハーバードMBA留学記

2011年7月22日　第1刷発行
2011年8月18日　第2刷発行

著　者 ——児玉 教仁
発行所 ——ダイヤモンド社
〒150-8409　東京都渋谷区神宮前6-12-17
http://www.diamond.co.jp
電話／03-5778-7232（編集）　03-5778-7240（販売）
装丁———重原 隆
カバー装画 —今中 信一
DTP ———クニメディア
制作進行——ダイヤモンド・グラフィック社
印刷———勇進印刷（本文）・加藤文明社（カバー）
製本———ブックアート
編集担当——岩佐文夫

©Norihito Kodama
ISBN 978-4-478-01623-7
落丁・乱丁本はお手数ですが小社営業局宛にお送りください。送料小社負担にてお取り替えいたします。但し、古書店で購入されたものについてはお取替えできません。
無断転載・複製を禁ず
Printed in Japan